merlín

As flores radiactivas

Agustín Fernández Paz

Ilustracións de **Miguelanxo Prado**

EDICIÓNS **XERAIS** DE GALICIA

A IV edición do Premio Merlín de literatura infantil
fallouse o día 11 de novembro de 1989 na cidade de Santiago.
O xurado outorgoullo, por maioría, á obra titulada
As flores radiactivas
e estivo composto por Marica Campo, Marcos García,
Xosé Lastra, Celestino Pardo e Susana Villares,
actuando como secretaria,
con voz e sen voto, Helena Pérez.

UN AVISO PREVIO

Nesta novela, ademais da narración propiamente dita, aparece un apartado complementario, formado por un conxunto de "Anexos", que se atopa ó final do libro.

Nos anexos proporciónanse diferentes informacións relacionadas con temas ou acontecementos ós que se fai referencia na narración. A diferencia desta, que é pura ficción, o contido dos anexos baséase exclusivamente en datos e feitos reais.

Estes anexos pódense ler antes ou despois da narración, ou ben en calquera momento da mesma, cando se desexe consultar sobre algún feito real ó que se faga referencia na aventura imaxinaria.

Para Inma,
por tantas cousas.

I

O MISTERIO DA FOSA ATLÁNTICA

A primeira noticia sobre o que os xornais e os outros medios de comunicación chamarían máis tarde "o misterio da fosa atlántica" tivéraa Alba na mañá do mércores, 12 de xullo. A rapaza estaba sentada nas pedras do peirao de Pontebranca, a carón do seu amigo Xabier, aturando o boureo que dende había un pedazo saía do radiocasete que tiña aceso un home de rechamante camisa amarela, sentado a uns poucos metros deles. "O malo do verán é que Pontebranca xa non parece a de sempre, con tanto turista como hai. E este debe ser un deles, porque non o coñezo de nada", pensou Alba.

O home da camisa amarela estaba a pescar, o mesmo que Alba e Xabier. Xa había un pouco que a rapaza decidira abandona-la súa cana, á vista do pouco éxito que tivera ata daquela. E iso que Xabier se empeñara en que pola mañá era a hora en que mellor picaban as robalizas, por mor da marea. Pero ata agora os resultados eran ben escasos: na bolsa só había catro múxeles de regular tamaño e cinco anguías máis ben pequenas.

"Estase ben aquí no peirao, coas pedras mornas polo sol. Pero eu por min xa me achegaba ata a praia, que a auga ha estar ben boa", pensou Alba. Ía se-lo mediodía e o home da camisa amarela deu en move-lo dial do seu aparato, buscando outra emisora. Ó pouco escoitouse a musiquiña que anuncia os boletíns informativos e o home deixouno naquela sintonía, con cara de satisfacción.

Alba prestou atención. Non é que as noticias fosen a súa sección preferida, pero gustáballe escoitalas. Aínda que moitas non lle dicían nada, sempre había algunhas que lle interesaban e que logo lle gustaba comentar na casa, con seus pais e seu irmán.

Logo dalgunhas informacións que a rapaza xulgou rutineiras, a voz da locutora da Radio Galega anunciou unha conexión coa súa corresponsal na Coruña. Esta empezou a transmitir unha crónica que, ós poucos, Alba deu en seguir con interese crecente:

> "...e os barcos "Alborada" e "Xeitoso", que faenaban a unhas 350 millas do cabo Fisterra, moi próximos á zona coñecida como Fosa Atlántica, avistaron a media tarde un forte resplandor, localizado nunha zona situada a 16° 30' de lonxitude

oeste e a 46° de latitude norte. Achegáronse a uns dous quilómetros da zona do resplandor e distinguiron con claridade unha grande mancha brillante, que se estendía pola superficie do mar.

Coñecedores de que estaban na zona onde se realizaron, ata hai ben poucos anos, os tristemente famosos verquidos de residuos radiactivos, tiveron reparo a se adentraren máis nela. Deron volta e comunicaron o seu descubrimento ás autoridades da Comandancia de Mariña.

Postos en contacto por radio con Xosé Louzao, patrón do "Alborada", este confirmóuno-los feitos que vimos de relatar, informándonos ademais que a mancha brillante parecía ir gañando en extensión e que non se parecía a nada do que vira na súa longa vida de mariñeiro. Que non se atreveran a se achegar máis, non fose ser unha mala cousa.

Na Comandancia de Mariña o único que conseguimos foi a confirmación da noticia que vimos de dar ó empece da nosa crónica, pero sen obter ningún dato máis nin ningunha valoración oficial dos feitos."

Rematou a crónica da corresponsal e, ó pouco, coas novas do tempo, rematou tamén o espacio das noticias. Nin o home da camisa rechamante, nin moito menos Xabier, que seguía coa vista obsesivamente fixa nas oscilacións da boia, parecían impresionados pola noticia. Alba, en cambio, si que o estaba, porque todo o relacionado coa Fosa Atlántica lle traía unha chea de recordos.

Lembraba ben a aventura de seu irmán Lois, aínda que daquela era moi pequena. Pero escoitáralla contar logo moitas veces. Seu irmán fora un dos tripulantes do "Arosa I", o barco fletado por diversos concellos e grupos ecoloxistas de Galicia no verán de 1982, para ir protestar –a carón dos de Greenpeace– polo verquido de residuos radiactivos na Fosa Atlántica. Eran barcos de diversos países europeos os que botaban no mar bidóns e bidóns de materiais radiactivos, que podían danar toda a vida mariña. Segundo contara Lois tantas veces, a acción do "Arosa I" e do "Sirius", o barco de Greenpeace, fora decisiva para evitar que os verquidos continuasen. "Foi o máis importante que fixémo-los de Adega", acostumaba dicir Lois na conclusión do relato.

Alba tiña agora na memoria un dos carteis que había na habitación de seu irmán. Ela ollárao moitas veces e sempre lle chamara a atención. Nel víase a un home contra o costado dun barco, mergullado nas augas do mar e agarrado con forza a unha corda que o arrastraba. Segundo lle contara Lois, era a foto dun voluntario de Greenpeace tentando abordar un cargueiro nuclear, para así impedi-los verquidos. *"Un home só non pode parar un barco. Móllate connosco"*, líase nas grandes letras do cartel.

Alba tentou comenta-la noticia co seu amigo:

—Xabier, ¿oíche-lo da mancha brillante, o que acaba de dici-la radio que hai na Fosa Atlántica?

—¿De que radio falas? ¿Unha mancha brillante, dis? –contestou Xabier sen lle prestar atención ningunha–. Se che dá o mesmo, agarda un momentiño, que me parece que queren picar.

—Nada, ho. Déixao, que son cousas miñas –respondeu Alba, visto o escaso interese do seu compañeiro.

A rapaza ergueuse, sacudiu coas mans as cueiras do pantalón e recolleu coidadosamente a súa cana. Pillou a toalla que tiña ó seu carón e dixo:

—Vou ata a praia, que non sei que dá estar aquí, sen aproveitar este sol tan bo. Fai o favor de me leva-la miña cana cando remates. Se queres vir ti despois, vou estar onda sempre, preto das rochas do piñeiral. ¡Ata logo!

II

(DO DIARIO DE ALBA)

12 de xullo

O que son as cousas. Tódolos días me custa ben traballo escribir aquí, no Diario, algo que non sexan os aconteceres de sempre. Xa me dá rabia que non me pasen máis cousas, coma nos libros ou nas películas. Paréceme que tódolos días son iguais, programados para facer sempre o mesmo. E iso que agora estamos de vacacións, que durante o curso aínda é peor: entre erguerse, estar na escola, comer, volver á escola outra vez, face-los deberes e cear, aló se me vai todo o día.

Pero hoxe non, hoxe hai noticias frescas, como di Helena. ¡Porque mira que se está armando unha boa con iso do misterio da Fosa Atlántica! Pasou Lois todo o tempo da cea erguéndose e sentándose, por mor do teléfono, que non deixou de soar. E todo porque no telexornal deron unha reportaxe pequena sobre a noticia que eu xa escoitara pola mañá no peirao.

No telexornal víase pouco; ben se notaba que non se achegaran moito á mancha brillante. Debía de estar gravado dende un avión ou un helicóptero. Víase que había unha mancha, iso si, estendida pola tona da auga e tirando a branca. O máis estraño é que brillaba coma se estivese formada por unha grande morea de pequenos espelliños. Era bonita, e foi mágoa que os da cámara non se achegasen máis, seguro que por medo. Ó comenta-la noticia viñeron dicir case o mesmo que o que xa eu escoitara pola mañá.

Lois estaba todo alporizado e comentou na mesa que a cousa pode ser moi grave, que xa o dixeran eles (sempre di "eles" cando se refire ós de Adega, a asociación ecoloxista á que pertence), que non podía saír nada bo daqueles verquidos ó longo de tantos anos, que seguro que algúns bidóns fenderan e agora habiamos pagar todos as consecuencias. Tamén dixo que, coma sempre, os do goberno habían intentar tapa-las cousas, que non lles convén que se saiba nada do tema, agora que andan a buscar outro lugar para continuar cos verquidos, preto das illas Azores, creo que dixo. Tanto lle deu á lingua que agora xa ando eu moi interesada tamén no asunto, e hei de estar atenta ó que apareza nos vindeiros días.

Teño que contar, ademais, que pola mañá estiven con Xabier. Pola tarde non, que el foi con seus pais á Coruña e eu fun dar unha volta en bicicleta con Helena e Antía. Fomos pescar ó peirao, aínda que eu cansei axiña e achegueime logo ata a praia, que me apetecía bañarme. Despois veu el e estivemos bañándonos e tomando o sol xuntos. A verdade é que Xabier é o amigo con quen máis a gusto estou e se iso quere dicir que me gusta, como sempre me anda a teimar Antía, pois moi ben: gústame, e xa está. E a el tamén lle gusta estar comigo, que iso ben se nota.

E por hoxe ben chega, que xa escribín máis que outros días. Así que ata mañá, amigo Diario.

III

OPERACIÓN "ESPELLO MARIÑO"

—SEÑORES, o asunto que hoxe nos reúne aquí é de moita importancia e espero que comprendan a urxencia da convocatoria. Porque mesmo pode estar en perigo a seguridade de todo o mundo occidental.

O xeneral Mc Logan, comandante en xefe das Forzas de Defensa da Zona Europea da OTAN, fixo unha pausa para comproba-lo efecto que as súas palabras produciran nos presentes. Eran en total quince persoas, contándoo a el, e constituían o Consello Permanente do Alto Mando da OTAN. Este Consello Permanente encargábase de tódolos asuntos relacionados coa protección da zona do Atlántico que limita coas costas europeas. Reuníanse periodicamente, pero esta convocatoria, extraordinaria e secreta, colléraos a todos de improviso.

Mc Logan continuou co seu discurso, consciente de que os tiña a todos pendentes das súas palabras:

—Xa saben vostedes que, ata 1983, os gobernos dalgúns dos países integrados na OTAN estiveron botando os seus residuos radiactivos, procedentes na súa maioría das centrais nucleares, no lugar coñecido como Fosa Atlántica, ou sexa, no rectángulo situado entre as latitudes 45º50' N e 46º10' N e as lonxitudes 16º00' W e 17º30' W. Eses residuos, como vostedes lembrarán, mergulláronse encerrados nuns bidóns herméticos, dada a longa vida do refugallo nuclear. Recordarán tamén que houbo que parar eses verquidos, por mor da nefasta campaña que cara á opinión pública montaran os axitadores de Greenpeace e outras organizacións afíns.

Mc Logan fixo unha pequena pausa, bebeu uns grolos de auga e continuou:

—Pois ben, hai dous días uns pesqueiros galegos descubriron que algo brillaba nas augas da Fosa Atlántica, noticia xa ben espallada e da que os supoño enteirados. Como supoño tamén que serán coñecedores do sensibilizada que está a opinión pública cara a todo o relacionado coa enerxía nuclear, sobre todo dende o accidente de Chernobil. Na carpeta que teñen diante atoparán unha selección dos artigos que sobre o tema apareceron xa nos principais xornais europeos.

Mc Logan non tiña présa ningunha por remata-lo seu parlamento, así que fixo unha nova pausa para facilita-las intervencións dalgúns dos asistentes.

—Todo isto conducirá –comentou o contraalmirante Dubois– a que teñamos que asistir á montaxe antinuclear a que nos teñen acostumados toda esa panda de ecoloxistas, verdes, pacifistas... Acaba un farto de oír sempre a mesma historia: que se o perigo nuclear, que se a contaminación de todo o océano... ¿E logo que queren, volver ó tempo das cavernas?

—Pero a cuestión principal é outra –atallou o maior Schultz–. Trátase de saber que hai por tras dese brillo no mar. A meirande parte de nós só coñecémo-las gravacións que se viron na televisión, ben imperfectas, por certo. ¿Que é o que nos pode dicir sobre iso, Mc Logan?

—De entrada direilles que temos, dende onte, oito barcos acordoando a zona, delimitando un círculo duns dous quilómetros de radio, no centro do cal está a mancha brillante. Decidimos acoutala porque, como saben, aquelas son augas internacionais, augas de libre circulación, e podía enchérseno-la zona de barcos que non teñen nada que pintar alí. Pero, polo de agora, non hai máis noticias que o que vostedes xa saben: que algo brilla na tona da auga, que ese algo é descoñecido, que é a primeira vez que nos enfrontamos a un fenómeno semellante e que, tratándose de algo radiactivo, tódalas precaucións son poucas.

—Pode tratarse dunha montaxe dos ecoloxistas –opinou o capitán Birdie– para así denuncia-los verquidos dun xeito diferente. Non podemos esquecer que só faltan tres meses para as eleccións ó Parlamento Europeo e que nisto poden topar unha boa fonte de votos.

—Podería ser, xa pensei eu nesa posibilidade –dixo Mc Logan–. Pero tamén pode que isto sexa algo realmente novo, unha consecuencia dos verquidos. Imaxinemos que algúns bidóns fenderon e que as turbulencias mariñas subiron o seu contido ata a superficie. Non sabemos ben do que pode ser capaz a radiactividade.

—¿E non puideron se-los rusos? –interveu o doutor Strangelove–. Eles tamén están interesados, sobre todo dende o de Chernobil, en que fracase a industria nuclear do mundo libre.

—É outra posibilidade, pero ben máis difícil. Teñamos en conta que a campaña contra o verquido de residuos tamén lles afecta a eles, que son tan partidarios das centrais nucleares coma nós.

—¿E entón, que? –dixo o xeneral Freire–. Porque estamos convocados para...

—...para examina-la situación e tomar decisións –rematou Mc Logan–. O Alto Mando decidiu que este Consello Permanente ten plenos poderes no caso. Así que xa poden vostedes suxerir cales son as medidas que cómpre tomar.

—Poucas alternativas temos –opinou o maior Schultz–. Parece que o primeiro paso é averiguar que hai realmente por tras desa estraña mancha brillante. E logo será o momento de actuar.

Estas palabras recibiron un asentimento xeral.

—Eu tamén penso o mesmo –dixo Mc Logan– e xa viña preparado en previsión deste resultado. Léolles de contado a orde que, se non hai oposición, enviarei ó comandante da flota que está acoutando a zona.

Tirou un papel do portafolios que tiña enriba da mesa e leu:

Operación ESPELLO MARIÑO
Mensaxe 1
"Diríxanse ata o obxectivo sinalado. Achéguense a el, examíneno de tódolos xeitos posibles e, se é factible, recollan mostras materiais do fenómeno.
Misión de máxima seguridade. Información absolutamente reservada.
Asinado: xeneral Mc Logan".

—Señores, a orde será cursada de inmediato –concluíu o xeneral Mc Logan–. A operación "ESPELLO MARIÑO" xa está en marcha e espero poder convocalos de novo o máis axiña posible.

IV

(DO DIARIO DE ALBA)

15 de xullo

DENDE logo, se quería noticias para poñer no Diario, agora parece que veñen todas xuntas. Porque este asunto da Fosa Atlántica parece que vai dar ben que falar.

Está Lois que non acouga, case non para na casa e, cando está, anda sempre colgado do teléfono. E polas tardes sempre o atopas cos outros de Adega, reunido no local que teñen a carón do parque.

Pero o bo é que desta vez non "pasa" de min, coma noutras ocasións. Desta vez estou en "misións de apoio", como din nas películas. Porque teño a encarga de Lois de revisar tódolos xornais e retalla-lo que veña neles sobre a Fosa Atlántica, sexa o que for.

Pedinlle axuda a Xabier, por aquilo de lle facer ver que tamén eu ando en cousas importantes. E tamén porque é unha boa desculpa para estarmos máis tempo xuntos (a ti non teño por que te enganar, amigo Diario). Así que tódalas tardes nos xuntamos na miña habitación e facémo-lo traballo. Despois de retallar todo imos onda Carmela, quitamos fotocopias dos recortes e logo pegámolos nun caderno de follas grandes e tapas duras, no que meu irmán escribiu na capa "FOSA ATLÁNTICA", cun rotulador vermello deses grosos.

E xa levamos ben recortes, que son sete os xornais que retallamos tódolos días. De paso que lle damos ás tesoiras, Xabier e mais eu lémolos case todos, aínda que hai algún que non damos entendido ben. Hoxe viña en primeira páxina, en tódolos xornais, que había oito barcos de guerra rodeando a zona e que ían outros para aló. Así que a cousa debe te-la súa importancia, se non non había de haber tanto movemento.

Tamén hai algúns recortes graciosos, como o que viña hoxe dunha entrevista co ministro de Enerxía. O home viña dicindo que non hai motivo para se preocupar, que non pode ser nada relacionado cos verquidos e que non comprende como a partir dun tema intranscendente ("unha serpe de verán", dicía) se pode montar tanto tin-

glado. E cando lle preguntaban que podía ser, el contestaba que seguro que todo era causado por algún fenómeno atmosférico, como unha aurora boreal ou así. Este recorte é dos que máis chama a atención, porque meu irmán subliñouno case todo cun rotulador amarelo, deses fosforescentes.

E o caso é que algo andan a artellar Lois e os outros de Adega, e xa non o digo só polas reunións. Hoxe pola mañá fun dar unha volta na bicicleta por detrás do paseo do porto. E alí estaban Lois, Xesús e Cristina, falando co señor Lobón, o patrón do "Firrete". ¿Non se lles ocorrerá facer algo parecido ó de 1982 e ir ata a Fosa Atlántica? Pero non pode ser, porque eles saben que xa está todo aquilo acordoado. E resulta que hoxe na cea saqueille a Lois a conversación, para ver se se lle escapaba algo. Pero a resposta que me deu foi clariña de todo: "Ti cala e recorta".

V

UN ACHADO DESCONCERTANTE

O comandante Touriñán estaba que rabeaba. A el gustábanlle as misións serias, arriscadas, nas que podía proba-lo seu valor. Xa participara en moitas saídas rutineiras e levaba anos agardando que se lle encargase unha misión importante, cousa difícil nestes tempos en que non se producía guerra ningunha. E agora tiña que estar ó mando daquela especie de xogo de nenos, rodeando cos seus oito barcos unha mancha que ben podería ser de pintura fosforescente. E xa ían tres días de estar alí agardando ("perdendo o tempo", pensaba el), sen nada que facer.

E, por riba, aquela orde do xeneral Mc Logan que o radiotelegrafista lle viña de transmitir. "Operación ESPELLO MARIÑO. Misión de máxima seguridade. Información reservada". Polo menos o de se achegar ata a mancha brillante e recoller mostras para a súa posterior análise no laboratorio tiña algo de sentido.

"Se así o queren, así se fará", dixo en voz alta. E había que facelo ben, porque estaba en xogo o seu ascenso e non había ser el o que o derramase. "Ademais, ¿quen me di a min que iso que brilla aí non é algo importante de verdade? E se é así, o éxito da operación será meu, e só meu", concluíu para si.

Había que preparar todo ata o máis mínimo detalle. Así que deu as ordes oportunas para que o proxecto se cumprise. Decidiu que fosen dúas lanchas rápidas as que se achegasen ata o obxectivo. En cada unha delas irían seis homes. Os dunha lancha realizarían o labor de colle-las mostras e a gravación en vídeo do fenómeno. Os da outra estarían en misión de apoio, por se xurdise algún imprevisto.

Escolleu o sarxento Novoa para leva-lo mando das lanchas. Era un home da súa confianza, e o comandante explicoulle en persoa os detalles da operación. Achegaríanse nas lanchas ata o obxectivo, fotografando e gravando a grande mancha brillante dende diversas posicións; examinarían así mesmo o espectro luminoso e irían provistos de contadores Geiger para medir en todo momento os niveis de radiación. Habería que recoller mostras do que brillaba, fose sólido, líquido ou gaseoso, para finalmente regresar ó barco no menor tempo posible.

Un pouco máis tarde os doce homes baixaban ata as dúas lanchas rápidas, que xa estaban a carón da nave principal. Todos eles levaban uns aparatosos traxes brancos, coma os utilizados nas misións de seguridade nas centrais nucleares, o que lles daba unha certa semellanza cos astronautas.

Todo se ía desenvolvendo de acordo co programa trazado. O sarxento Novoa e os seus cinco homes ían na primeira lancha, mentres que o cabo Aneiros dirixía os outros cinco da lancha de apoio. A distancia entre as embarcacións e o obxectivo íase facendo cada vez máis pequena. O sarxento deu a orde de que o encargado das fotografías e o do vídeo empezasen o seu traballo. O soldado que levaba o contador Geiger informoulle que os niveis de radiación eran, polo de agora, normais.

"Xa estamos a menos de cincuenta metros", pensou Novoa sen poder evitar un estremecemento. Deu a orde de que todos se puxesen o casco protector, aínda que os niveis de radiación non ofrecían perigo. "Con estas cousas nucleares non se xoga", dixo para si.

Agora as lanchas estaban preto das beiras da grande mancha, do obxectivo. "¡Deus, como brilla, diríase que alguén colocou aí milleiros de espellos!", pensou o sarxento ó tempo que mandaba para-los motores para deixar que as lanchas se fosen achegando polo seu propio impulso.

—¡Pero, ¿que é isto?!

—¡Ha, ha, ha, ha! ¡E para isto tanta historia coa seguridade!

—¡Flores! ¡Pero se son flores! ¡É coma un prado cheo de margaridas!

—¡Flores! ¡E como arrecenden!

En efecto, a grande mancha brillante na que se atopaban inmersos estaba formada por flores que aboiaban na tona da auga. Moreas e moreas de flores, coma se o mar fose un prado cheo de margaridas en primavera. E, certamente, as flores tiñan unha notable semellanza coas margaridas, aínda que eran dunha especie que –alomenos para os integrantes da expedi-

ción– resultaba completamente descoñecida. Tiñan unha cor branca brillante, que ás veces tiraba a dourada e outras a violeta, e os seus pétalos deitaban luz de tal xeito que por veces era imposible mirar para eles.

Aínda tardaron un pedazo en se decatar da intensidade do olor, porque as flores arrecendían cun cheiro penetrante, intenso, que se parecía meter ata o cerebro. Era, dende logo, un arrecendo máis intenso que o de calquera flor coñecida. Un olor indescriptible, que axiña os inundou.

O primeiro en reaccionar foi Louzao, un dos mariñeiros da lancha. Tirouse á auga, con traxe protector e todo, e púxose a batuxar no medio daquel xardín mariño. Logo, en unión doutros dous mariñeiros que o imitaron, foi collendo brazadas e brazadas daquelas flores, que aboiaban na tona da auga coma se fosen nenúfares, e meténdoas nos contedores que traían preparados. E, cando estiveron cheos, seguiron collendo brazadas de flores e meténdoas por tódolos recunchos das lanchas.

O sarxento Novoa estaba visiblemente incomodado porque se desobedeceran as súas ordes. Pero ben reparaba en que a cousa non tiña moita importancia e, ó cabo, o obxectivo principal acadárase sen problema ningún. Así que, en que recolleron flores suficientes e se mediron tódalas constantes radiactivas, que resultaron ser normais, mandou subir ós seus homes á lancha e emprenderon todos o regreso ó barco.

O sarxento foi o primeiro en poñe-los pés na cuberta, mentres nas lanchas os mariñeiros, ledos e sorrintes, facían os preparativos necesarios para iza-los contedores. O comandante Touriñán, que o agardaba en cuberta, contemplou con abraio o molliño de flores que Novoa levaba na man.

—¿Como é, sarxento, que abandonaron as medidas de seguridade? ¿E que significan esas flores que ten vostede na man?

—Meu comandante, alí non hai mancha radiactiva nin farrapos de gaita. O que hai son flores, flores coma estas. Milleiros de flores tan fermosas coma as que teño na man. ¡E como arrecenden! ¡Compróbeo vostede mesmo, meu comandante!

O do cheiro non facía falta ningunha que o dixese. Mentres a maioría da tripulación se amoreaba ó redor dos contedores, abraiados, tocando e ulindo aquelas flores brillantes, o penetrante arrecendo íase estendendo por tódolos recunchos da embarcación.

VI

(DO DIARIO DE ALBA)

17 de xullo

¡VAN ir, van ir! Hoxe pola noite díxonolo Lois na cea. Pensei que á mamá lle daba algo. Ela que sempre lle anda a meu irmán coa teima de que non se meta en lío ningún. Pero Lois dixo que xa estaba todo decidido e arranxado, que saen pasado mañá á tardiña no "Firrete", como xa sospeitaba eu. Que nolo dicía en moito segredo e que non podemos contar nada a ninguén, que é algo do que nin o goberno nin medio de comunicación ningún se ten que enteirar.

E ben se ve que andan levando a cousa moi ás caladas, porque hoxe aparece no Diario de Galicia *unha entrevista con meu irmán e o moi pillo non di nada da expedición.*

Fíxenlle tamén outra fotocopia á entrevista para pegala aquí, no Diario. Aínda que non fala de min, paréceme que tratándose de meu irmán ben merece estar presente nestas páxinas.

Adega protesta pola falta de información

O goberno, único responsable do silencio sobre o misterio da Fosa Atlántica

Entrevista con Lois Souto, membro da dirección de Adega

Pontebranca (Redacción, por Gloria López Besteiro). O misterio da Fosa Atlántica, a cinco días do seu inicio, segue sendo iso, un misterio. A información oficial é, polo de agora, sumamente escasa, o que está a causar unha certa desorientación na opinión pública. Diante desta situación, as protestas dos grupos ecoloxistas non se fixeron agardar, e cremos que non lles falta razón. Ese é o motivo de que nos puxesemos en contacto con Lois Souto, un dos responsables de Adega, a Asociación para a Defensa Ecolóxica de Galicia, posiblemente o grupo máis activo e coñecido no noso país, con presencia activa en tódolos conflictos habidos na nosa terra en relación coa protección da natureza. Este grupo xa participara activamente nas protestas contra os verquidos radiactivos, nos veráns de 1981 e 1982, tendo Lois Souto unha actuación destacada nas accións daqueles meses. Hoxe vive en Pontebranca e traballa como profesor de Ciencias no Instituto de BUP da localidade.

¿Cal é a opinión de Adega sobre o chamado "misterio da Fosa Atlántica"?

O primeiro que hai que sinalar é, precisamente, a imposibilidade de ter unha opinión, porque o silencio oficial sobre o tema é total. Se non se dá información ningunha, fóra de catro vaguidades, e non se deixa que se vaia alí, a coñecer directamente a situación, xa me dirá que é o que se pode facer.

¿E como valora Adega ese silencio oficial?

Sobre iso si que temos unha posición ben definida. E é que os feitos son irrefutables. Ata o ano 1983, estiveron mergullándose na Fosa Atlántica cantidades inxentes de refugallo radiactivo, a menos de 350 millas das costas galegas. E témo-la fundada certeza de que moitos deses bidóns fenderon, esparexéndose o seu contido pola zona. E agora, algún tempo despois, vemos que se producen estraños fenómenos na tona da auga. A relación entre estes feitos parece evidente. E, por riba, enteirámonos de que hai forzas militares acordoando o lugar. ¿Como é posible que se pretenda seguir co engano diante da opinión pública?

Lancha de Greenpeace impedindo os verquidos en 1982.

¿Que cren vostedes que pode estar pasando na zona?

Só podemos aventurar algunhas hipóteses. Sabemos que os bidóns non son seguros. Xa o comandante Cousteau, hai uns anos, sinalou que vira bidóns esmagados nalgunhas das súas exploracións. E sabemos que nesa zona hai turbulencias que poden facer que as capas do fondo mariño suban ata a superficie. O refugallo nuclear, como todo o mundo sabe, segue emitindo radiactividade ó longo de moitos anos. ¿Reaccionaron eses materiais radiactivos coa auga do mar, co aire ou entre si? ¡Xa nos gustaría a nós ter máis datos sobre o que está a acontecer!

Finalmente, ¿que pensa facer Adega?

Adega non pensa facer nada, como non sexa protestar e esixir que se fagan públicas tódalas informacións sobre o tema. E que nos deixen ir ata alí e comprobar persoalmente o que hai. Porque é o futuro da humanidade o que está en xogo.

As derradeiras palabras de Lois Souto teñen unha dimensión transcendente que a min me gustaría subliñar. Parece evidente que estamos diante de algo que esixe unha aclaración pública, aínda que as autoridades digan que non hai motivo de alarma ningún e que o acordoamento da zona obedece só a medidas rutineiras de seguridade. E non hai que esquece-las consecuencias de Chernobil e outros accidentes nucleares. ¿Para cando poderemos deixar de falar do "misterio" para nos referir só ó "fenómeno" da Fosa Atlántica?

VII

UNHAS FLORES BEN ESTRAÑAS

SÓ pasaran dous días dende a anterior reunión e de novo o xeneral Mc Logan tiña diante súa as caras expectantes dos outros catorce membros do Consello Permanente da OTAN. Sen máis perda de tempo, cando todos estiveron sentados, iniciou a súa intervención:

—Lamento, señores, ter que os convocar de novo con tanta urxencia. Pero é que xa obra no noso poder o primeiro informe cos resultados da operación "ESPELLO MARIÑO", e é preciso que o debatamos e tomemos unha decisión. Xa sei que algúns de vostedes coñecen un avance dos resultados, pero será mellor que eu lles faga un resumo completo do informe. Un informe que, na miña opinión, ofrece uns resultados estraños e desalentadores.

—Supoño que será o que todos estabamos temendo –dixo o maior Schultz– e que desta vez os ecoloxistas tiñan razón: algúns bidóns romperon e estamos diante dun serio escape radiactivo.

—Por esa banda poden estar tranquilos, xa que non hai escape radiactivo ningún –respondeu Mc Logan–. Pero, se se me permite, empezarei o informe polo primeiro.

—De acordo, empece xa.

—A operación "ESPELLO MARIÑO" cumpriuse milimetricamente, de acordo co plano trazado. Segundo o informe elaborado polo comandante Touriñán, os nosos homes achegáronse ó obxectivo e atopáronse coa sorpresa de que o que brillaba na tona do mar non era outra cousa que... –aquí Mc Logan fixo unha pausa, adoptando un ton teatral– ...¡flores! ¡Un inmenso mar de flores brancas!

—¿Flores? ¿Como que flores?

—¡Pero como vai haber flores no mar!

—¡Isto parece unha broma de mal gusto!

—Prégolles que conserven a calma e me deixen seguir –Mc Logan estaba visiblemente satisfeito polo impacto que conseguira coas súas palabras–. Pois si, flores, pero unhas flores estrañas, diferentes a calquera especie coñecida. Brancas, cunha forma que lembra as margaridas e con pétalos grosos e brillantes, coma se fosen de nácar. Flores que, ademais, arrecenden dun xeito moi intenso. Flores a centos, a milleiros, ocupando un espacio circular duns cen metros de diámetro.

—¿E que fixeron os nosos soldados diante desa descuberta?

—Pois, aínda que se relaxou algo o rigor da operación, cousa lóxica se se ten en conta o insólito do descubrimento, todo se desenvolveu de acordo co previsto: recolléronse mostras das flores, se ben en cantidades excesivas, e acordoouse a zona cunha serie de boias que sosteñen un sistema circular de redes, o que impedirá, se se dese o caso, que as correntes mariñas espallen as flores. O sistema das redes é moi seguro e ese é o motivo de que tódolos barcos regresasen á base, agás un, que quedará alí en funcións de vixilancia permanente.

—¿E iso é todo? –exclamou o contraalmirante Dubois–. Pois hai que dar a coñecer este informe inmediatamente, para acala-la opinión pública e disipa-los rumores malintencionados. ¡Total, unhas flores, por moi descoñecidas que sexan, non xustifican tanto misterio!

—Pero é que o das flores non é preocupante. O preocupante é o que ocorreu despois –atallou Mc Logan poñendo cara seria.

—¿E que ocorreu logo? ¡Díganos todo dunha vez!

—Pois que, segundo se desprende da parte do informe elaborado polo comandante Touriñán, ó pouco de empeza-la viaxe de volta á base empezaron a se producir comportamentos estraños entre algúns membros da tripulación. Os primeiros afectados resultaron se-los que foran nas lanchas de recoñecemento, todos eles soldados rexos e experimentados. Pero empezaron a desobedece-las ordes que se lles daban, negáronse a utiliza-lo seu armamento e os seus uniformes e acabaron protagonizando, no comedor do barco, un mitin con claros contidos antimilitares, expresando ideas que mesmo parecían sacadas dun manual pacifista e invitando ós seus compañeiros a que desertasen en masa ó chegaren a terra.

—¿E en que acabou todo?

—Naturalmente –continuou Mc Logan–, o comandante Touriñán arrestounos de inmediato. Pero a cousa non acaba aí. Pasadas unhas horas, os soldados que facían garda diante do camarote no que ían os contedores coas flores iniciaron un comportamento semellante, negándose a porta-las súas armas regulamentarias. E o mesmo pasou co pelotón que os relevou. Touriñán tivo que pedir axuda urxente ós outros barcos da flota, diante do perigo dun amotinamento xeral.

—¿E coida vostede que as flores...?

—Non hai que ir moi aló para sospeitar, alomenos, unha relación entre as flores e estes estraños comportamentos. Pero aínda hai máis, e o que lles relato agora xa non corresponde ó informe do comandante, senón ó do maior Ferreiro, que está ó mando da base. Porque en que os barcos chegaron a porto, tanto o comandante Touriñán como o resto da oficialidade do buque que traía as flores, solicitaron a baixa inmediata no exército. ¡Touriñán, que era unha das persoas máis claramente comprometidas cos valores militares e coas ideas que sustentan a defensa de occidente!

—¿E onde están agora?

—Están todos arrestados e incomunicados nas instalacións da base, naturalmente, de acordo coa natureza secreta da misión. E as flores, pechadas en caixas de chumbo á vista do ocorrido, foron enviadas ó laboratorio da nosa base de Plymouth. Alí están sendo examinadas. E en que cheguen os resultados desas análises volveremos ter outra xuntanza extraordinaria. Ata daquela, señores, reitérolles que o asunto é de máxima seguridade e que non pode haber filtración ningunha ó exterior. Con estes datos os periodistas poderían facernos moito dano. E iso é algo que de ningún xeito podemos permitir.

VIII

(DO DIARIO DE ALBA)

18 de xullo

CASE me dá medo escribilo aquí, no Diario, pero ben sei que ninguén máis ca min o vai ler: mañá é o día no que meu irmán e os outros saen para a Fosa Atlántica; e eu vou ir con eles.

A idea de ir con eles veume á cabeza onte á noite. Meu irmán estivera contándonos na cea a noticia da viaxe, con algúns pormenores. E máis tarde, cando xa estaba na cama, sen case me decatar, atopeime teimando na idea de ir eu nesa viaxe. Teño ganas de saber que hai nesa Fosa Atlántica, saber cal é o misterio do que tanto falan. E a oportunidade téñoa nesta viaxe do "Firrete".

Como o de pedirlle a meu irmán que me levasen con eles nin se me pasou pola cabeza, xa que tiña a negativa asegurada, tiven que teimar noutra solución. E atopei a que creo que é a única, a que vou poñer en práctica: meterme no barco sen que se decaten. De polisón, coma nas películas.

E xa teño a idea do que hei facer. Vaime axudar Xabier, que quedou de pedra cando llo contei hoxe despois de comer. Quería vir comigo, pero el ben viu que, estando meu irmán na expedición, cadra moito máis que vaia eu. Ademais, Xabier é imprescindible para a outra parte do proxecto. Polo que dixo hoxe meu irmán, témo-las cousas ben pensadas. Porque o barco, o "Firrete", vai saír ás sete da tarde, coma se fose a unha xornada máis de pesca. E só poden ir 18 persoas, así que van ir oito de Adega e dous periodistas, ademais dos oito membros da tripulación. Polas chamadas telefónicas enteireime que quedaron en se reunir ás cinco no local, para embarcar dun xeito escalonado. Non queren que ninguén saiba nada e o "Firrete" vai facer tódolos preparativos como se fose faenar un día calquera.

Eles teñen a cousa ben pensada, pero eu tamén. Porque o meu proxecto vai ser así: o barco sae ás sete e eu vou entrar nel algo antes das cinco. É a mellor hora, porque será o momento en que os da tripulación baixen a terra para se poñer de acordo cos de Adega e axudarlles a transportar toda a equipaxe. Vou xantar cedo, dicindo que teño que ir logo ata a casa de Hele-

na; a ninguén lle ha estrañar, que o fago máis veces. E Xabier vai colle-la lancha de seu pai, que xa lla pediu, coa escusa de que imos ir ás luras. Vaime levar ata o "Firrete" e se non hai ninguén no barco, como penso, subirei a bordo e agachareime nalgún dos camarotes.

Despois vai vi-lo máis difícil, porque teño que estar oculta durante varias horas. Eles quedaron en levanta-la áncora ás sete e eu calculo que non se irán deitar nos camarotes ata as once, polo menos. Así que son catro horas de navegación e, aínda que o "Firrete" creo que non fai máis que uns doce nós por hora, para daquela xa estaremos lonxe de Pontebranca. Así que, aínda que me descubran, xa non han ter máis remedio que me levar con eles. ¡Non poden da-la volta para deixarme outra vez en terra!

Agora aínda teño que face-la lista do que hei levar para a viaxe. Primeiro, a comida, para aguantar ata que dean comigo: chegarame con tres bocatas, unhas froitas e algo de galletas e chocolate. ¡E unha botella de auga das de a litro!

Roupa hei leva-la mesma que puxen hoxe, para que ninguén sospeite nada mañá: esta camiseta vermella e estes vaqueiros, así como as zapatillas deportivas brancas. E no macuto que hei levar teño que meter tamén algunha muda, dúas camisas, calcetíns, o traxe de baño, as cou-

sas de aseo e tamén un xersei groso. ¡Ai!, e o Diario, que non podo deixalo, precisamente agora que vou empezar esta aventura.

Tamén pensei xa no da casa. Ben sei que lle vou dar un desgusto gordo ó papá e, sobre todo, á mamá, pero máis llelo había dar se me fose sen dicir nada. Nisto a Xabier vaille corresponde-la peor parte. Se todo sae como pensamos, aló polas dez, que é cando meus pais se han empezar a estrañar de que non chegue, Xabier vailles telefonar dicíndolles que, da miña parte, miren debaixo da figura que hai a carón da televisión. E alí atoparán a carta miña, que xa teño escrita, e na que lles conto todo.

E agora vou tentar durmir, que teño que estar descansada. ¡Aínda que non sei se os nervios me deixarán pegar ollo en toda a noite!

IX

UN POLISÓN NO BARCO

—¿E ti quen es? ¿Que estás facendo aquí?

Alba, que acababa de espertar bruscamente, tanto pola luz da lanterna que lle enfocaba a cara como pola voz inquisidora que lle estaba a preguntar, abriu e pechou os ollos varias veces. Logo, lembrou de repente onde estaba e, erguéndose do chan do pequeno armario, encarouse coa persoa que tiña diante.

—¡Hola! Ti es Xesús, eu ben te coñezo.

Porque foi Xesús o que a descubriu. O home tivera que saír do comedor para ir ata o camarote pequeno de popa, xusto o que estaba ó lado dos frigoríficos onde se gardaban os alimentos, para buscar un pequeno botiquín que levaba na súa bolsa. Ó primeiro non se decatou do ruído que saía do pequeno compartimento que servía de armario, pensando que sería algún renxido máis dos que a cotío se escoitan nun barco. Pero ó pouco decatouse de que o que estaba a oír eran uns ronquidos ben sonoros. Abriu a porta e atopouse cunha rapaza, a cara da cal lle resultaba vagamente coñecida, embrullada entre varias mantas e que suxeitaba fortemente un pequeno macuto.

—Xa sei que eu son Xesús. Pero resulta que o que quero saber é quen es ti e que estás facendo aquí. ¿Pero ti sabes onde estás, rapaza?

—¡Se me fas tantas preguntas de repente...! Chámome Alba, e xa sei que estou nun camarote do "Firrete". E son o que se pode chamar un polisón, polo menos así é como lles chaman nas novelas.

—¡Un polisón...! ¡Estámosche bos! Anda, ven comigo –dixo Xesús, ó tempo que tiraba de Alba agarrándoa por un brazo–, que lle imos amarga-la cea ó persoal.

Xesús conduciu a Alba ata o camarote grande que servía de comedor. Estaban todos sentados ó redor de dúas mesas, bastante apretados, ceando e falando en animada conversa. Alba coñecía a algunha das persoas, pero outras caras resultábanlle completamente descoñecidas. As conversas cesaron de repente cando Xesús abriu a porta e empuxou a rapaza para dentro.

—¡Temos un polisón a bordo! ¿Ou dise unha polisona? –anunciou Xesús.

Lois foi o primeiro en reaccionar:

—¡¡Alba!! ¡Pero se é miña irmá Alba! ¿Pero que fas ti aquí? ¿Seica toleaches?

—¿Así que é túa irmá? –dixo un home de pelo rizado e barba recortada, que Alba identificou como

Carlos, un dos máximos responsables de Adega–. ¡Pois a ver que facemos agora cunha rapaciña a bordo! Porque o que está claro é que non podemos volver, que xa estamos ben lonxe do porto.

—¿Va que nos amola a expedición? Seguro que es ti, Lois, o que te-la culpa de todo isto –dixo un dos homes que Alba non coñecía de nada–. Explícanos, se non, como é que está aquí esta irmá túa.

—¿E non será mellor que llo deixemos explicar a ela? –dixo unha das dúas mulleres que estaban na reunión–. De seguro que é a que nolo ha saber contar mellor.

Alba, dun xeito inconsciente, soltouse de Xesús e foise arrimar á muller que acababa de falar. Esta pasou agarimosamente un brazo polos ombros da rapaza e fíxoa sentarse no banco, ó seu carón.

Alba, que ó primeiro collera algo de medo ó se sentir examinada por aquel grupo de xente, empezou a contar, dun xeito desordenado e sen saber ben por onde empezar, toda a súa historia. Pouco a pouco foise animando, ó ve-los sorrisos nas caras dalgúns dos presentes, seu irmán incluído, e rematou narrando a súa aventura para encontrar un bo agocho cando subiu ó barco, agocho que fora precisamente o pequeno armario no que a atopara Xesús.

En que rematou de conta-la súa aventura, tivo que responder a algunhas preguntas dos membros da expedición, interesados sobre todo en coñecer qué sabía sobre os obxectivos da viaxe. Ela contestou sempre

con sinceridade, agás nas que podían deixar quedar mal a seu irmán, que aparecía como primeiro responsable de que ela estivese enteirada de tantas cousas. Lois, mentres tanto, teimaba en utilizar axiña a radio e poñerse en contacto coa súa casa, para lles comunicar ós pais que Alba estaba sa e salva e que non tiñan por que estar preocupados.

—Ben, Alba, paréceme que xa teño un bo tema para empeza-la miña crónica –díxolle a muller que a acollera con agarimo–. Chámome Gloria e son periodista do *Diario de Galicia*. A verdade é que este non é a "Hispaniola" nin imos rumbo a ningunha illa do tesouro, pero abofé que o que fixeches parece digno de Jim Hawkins. ¿Ti sabes quen é Jim Hamkins?

—Sei –contestou Alba–, que xa lin *A Illa do Tesouro* neste curso que pasou. E gustoume ben.

—¡Pois benvida a bordo do "Firrete", terceira muller da expedición! E agora ven, que xa vai sendo hora de que che ensinemos onde vas durmir. Non é que sexa moito mellor sitio que o armario no que estabas, pero cando se está moi cansa débese durmir ben nel–. Dirixiuse logo a Lois e engadiu:

—E supoño, Lois, que aínda que ti sexas seu irmán, non che ha importar que eu a colla baixo a miña protección. Así que a rapaza vén para o camarote que nos corresponde a Cristina e a min. Total, con apertarnos un pouco máis, xa está.

—Pois veña, a durmir todos –dixo Carlos–, que mañá nos agarda un día ben movido.

X

(DO DIARIO DE ALBA)

21 de xullo

DENDE hoxe ó mediodía xa se pode dicir que entramos na Fosa Atlántica. Agora estamos a non máis de 12 millas de onde se supón que está a mancha brillante, segundo me explicou Amador, o contramestre.

E aproveito agora este pedazo de tempo, despois do xantar, para escribir un pouco no Diario. Estes dous días no barco pasáronme tan axiña e rematei sempre tan cansa que non escribín nin unha liña dende a noite anterior á partida, na miña casa de Pontebranca.

E teño moito que contar acerca de como é a vida aquí, no barco. Ademais, fíxenme moi amiga dos da tripulación, sobre todo de Amador e de Tito, que é o cociñeiro, e contáronme unha chea de cousas sobre a vida dos mariñeiros e as cousas do mar.

O "Firrete" é un pesqueiro bastante bo, dos mellores do porto de Pontebranca. Ten 35 metros de eslora e pode facer, en boas condicións, ata 15 nós á hora. Sempre son doce os homes da tripulación, pero iso é cando van faenar, porque nesta viaxe van menos. Agora van só oito: o capitán, que se chama Manuel Lobón e que eu xa o tiña visto ben veces; Amador, que é o contramestre, como xa dixen; Eladio, o xefe de máquinas, e Andrés, que é o mecánico que lle axuda; despois están os tres que fan de mariñeiros: Fuco, Pedro e Chema. ¡Ah! E sen esquecer a Tito, o cociñeiro, que me está a coidar coma se fose a súa filla e sempre me anda dando algunha lambada cando me ve.

E logo, ademais da tripulación, están os pasaxeiros. De Adega van oito en total. Algúns xa os coñecía, porque viven en Pontebranca e son amigos de meu irmán: é o caso de Xesús, Alberte e Xoán. E está logo Carlos, que veu dende Santiago e parece o xefe da expedición; polo menos el sempre é o que toma as decisións finais, despois de comentalas co capitán Lobón. Ademais está Roi, que é experto en temas nucleares, e meu irmán Lois, naturalmente.

Deixei para o final a outra miña compañeira de camarote, ademais de Gloria. Chámase Cristina, é bióloga e traballa nuns laboratorios da Coruña. É algo máis calada que Gloria, pero tamén me parece unha muller fenomenal.

E logo, ademais dos de Adega, na expedición van dous periodistas: unha é Gloria, que traballa no Diario de Galicia, *e outro é Daniel, que –segundo me explicou onte– non está nun periódico concreto, senón que traballa en Santiago para a axencia Efe e parece que anda a escribir un libro sobre os verquidos radiactivos.*

E por último estou eu, claro, polo que en total somos dezanove persoas a bordo. "Dezaoito e medio", di sempre Tito, "que a ti non se che pode contar como unha persoa enteira, co miúda que es."

Pódese dicir que o barco vai ó completo. Agás o capitán e mais Amador, que teñen cadanseu camarote, os demais imos todos en camarotes colectivos. O resto da tripulación nun, os pasaxeiros da expedición noutro e nós, as tres mulleres, nun camarote pequeno que está a popa. A verdade é que saímos gañando nós, porque no camarote onde está meu irmán non se poden nin remexer, de apertados que van.

Agora, despois de xantar, imos ter unha reunión conxunta, para ver que é o que se fai. Ó lonxe, por estribor, parece que se pode distinguir un resplandor, pero non sei se será o noso obxectivo. E, cousa estraña, Amador dixo que o radar só sinala a presencia dun barco, cando todos pensabamos que había unha chea deles vixiando a zona. A todos lles estrañou que non hoube-

se máis barcos e Carlos xa dixo que iso podía obedecer a que haxa instalado algún sistema electrónico de vixilancia. Ou, como di Gloria, ó mellor chega con que haxa un, que o normal é que por aquí non veña ninguén despois do anuncio de que o que pasa na zona ten moito que ver coa radiactividade.

Xa falou Lois por radio con meus pais e dixéronlle que tiñan un desgusto ben grande "pola miña toleada", así lle chamaron eles. Pero meu irmán díxome que non me preocupase, que el coñece ben á mamá e sabe cando está desgustada de verdade e cando non. E que, polo que el notou, desta vez o desgusto non é dos gordos. A min dáme rabia meterlles esta preocupación, pero non me arrepinto nada e volvería facelo se se puidese dar marcha atrás no tempo.

¡Canto escribín hoxe! A verdade é que estou moi contenta, máis do que pensaba. Todos me tratan ben e con Cristina e Gloria estou moi a gusto. Como di Gloria, "agora xa somos tres mulleres no barco". De maior gustaríame ser bióloga, como Cristina, e periodista, como Gloria. E non vexo por que non podo selo.

E agora paro, que parece que veñen abri-la porta. E non quero que ningúen me vexa o Diario, nin tan sequera Gloria. Que para iso é un segredo todo o que aquí poño.

XI

PREPÁRASE A EXPEDICIÓN

–O que resulta máis estraño é que case non haxa vixilancia, agás ese barco –dixo Carlos, con aire preocupado.

—Non é tan estraño, se o miras ben –contestou o capitán Lobón–. Supoño que contarán con que ninguén vai vir por aquí, logo do rebumbio destes días. Todo o que teña que ver coa enerxía nuclear mete algo de reparo. E, ademais, por aquí non é que haxa moita pesca nesta época do ano.

—Xa reparariades ademais en que os medios de comunicación están a esquece-lo tema, supoño que interesadamente –engadiu Gloria–. Nestes dous últimos días a radio non deu nin unha mala noticia sobre isto.

A case totalidade dos integrantes da expedición estaban reunidos no camarote máis grande, o que facía as veces de comedor, situado baixo o sollado de proa. Xuntáranse para estudia-lo plano de acción que ían levar a cabo, aínda que eran conscientes de que lles faltaban moitos datos para poder deseñar unha estratexia que tivese posibilidades de éxito.

A conversa foi interrompida bruscamente por Amador, que entrou no camarote cheo de excitación:

—¡Capitán, capitán! ¡Unha mensaxe procedente do barco de vixilancia! Din que queren falar co capitán do barco. Así que veña ata a ponte e fale con eles.

Todos quedaron en silencio. Estaban diante da primeira complicación real e había que lle facer fronte. Contaban con que dése resultado o truco de aparentar que eran un pesqueiro que se dispuña a faenar na zona, pero agora non estaban seguros de nada. O capitán Lobón ergueuse a modiño e dixo:

—Tranquilos todos. Que veñan só canda min algúns de vós, por exemplo ti, Carlos, e mais ti, Roi. Non convén que poidan ver a moita xente andando por cuberta.

O capitán saíu e dirixiuse ata a cabina onde estaban os aparellos do radiotelegrafista, labor que desempeñaba habitualmente Amador. Colleu os auriculares e o micrófono e dispúxose a conversar cos do barco de vixilancia.

—Aquí o pesqueiro "Firrete", da comandancia da Coruña. O capitán Lobón ó aparato. Dígame vostede que desexa, por favor.

—......

—Si, é o "Firrrete", con base habitual no porto de Pontebranca. Si, o número de licencia é CO-1789. Poden chamar á Comandancia da Coruña, se desexan confirmalo.

—......

—Claro, imos estar pescando na zona. ¿Que ía facer se non un barco pesqueiro? Vimos faenar aquí, o mesmo que outras veces.

—......

—Hoxe e mañá, se é que a cousa se dá ben.

—......

—Si, claro que temos oído diso. Pero iso a nós non nos interesa. Nós sómoslle pescadores, ¿sabe?, e tanto nos ten que brille o mar como que non. Con que haxa ben pesca xa nos damos por conformes.

—......

—¿O espacio sinalado polas boias? Polo que me di, non creo nin que cheguemos ata el. Nós imos bota-las redes na zona en que estamos agora, desprazándonos unhas tres ou catro millas en dirección SW.

—......

—¿A cinco millas en dirección NW? Non se preocupe vostede, que xa teremos coidado.

—......

—Non o esquecerei. Boas tardes.

O capitán pousou o micrófono e os auriculares con cara de satisfacción. Acompañado por Carlos e Roi volveu ó primitivo lugar de reunión, onde foi recibido por unhas caras expectantes. Sentouse no lugar do banco que ocupaba anteriormente e fíxolles unha información sucinta da conversación que mantivera cos do barco de vixilancia:

—Ben, parece que tragaron o anzol sen dificultade. Cren que imos faenar aquí, o que nos obriga a desenvolver en cuberta a actividade necesaria para gardar esas aparencias. Avisáronme de que hai un espacio acoutado con boias e que está prohibido entrar nel. Déronme as coordenadas exactas dese espacio, que está a unhas cinco millas en dirección NW. Así que, sen querer, xa nos proporcionaron unha boa axuda. E non van poñer dificultade ningunha en que faenemos na zona, o que nos obriga a nos manter sempre lonxe do espacio acoutado e a deixar ben claro o aparente desinterese que temos respecto da mancha brillante.

—Pois urxe xa ir tomando decisións –dixo Carlos con impaciencia–. Con vixilancia ou sen ela, o caso é que estamos aquí. Así que a ver como nos achegamos ata as boias e entramos na zona controlada.

—A min paréceme que é ben doado, vista a pouca vixilancia –dixo o capitán–. O máis axeitado é que cando anoiteza, mentres nós facemos como que andamos a faenar, tres de vós colláde-la zódiac, que ten un motor que case non se escoita, e vos acheguedes ata a zona cercada polas boias. Mirades de vos adentrar nela e, se xa podedes nese primeiro intento, recolledes mostras da auga que brilla ou do que sexa. Vista a distancia que hai, podedes facer todo en ben menos de tres horas.

—A min o proxecto do capitán paréceme ben –dixo Xesús–. Pero agora hai outra cousa, ¿quen vai ir na lancha?

—Ben, eu penso que hai dous seguros –dixo Carlos–. Ti, Lois, tal e como quedaramos. E logo é imprescindible que vaia Roi, para se facer cargo do contador Geiger e dos outros aparatos. E penso que é importante que vaia con vós unha das dúas persoas que traemos para que logo poidan contar todo. Podes ir ti, Daniel –engadiu Carlos dirixíndose ó periodista.

—¿E por que non eu? –atallou Gloria–. ¿A ver se vai pasar que agora vós tamén sodes dos que pensades que a aventura só é cousa de homes?

—Por min non hai inconveniente –dixo Daniel dirixíndose a Gloria–. ¡Sempre que logo non te quedes ti soa coa exclusiva!

—Pois xa que estamos nisto –interveu Cristina–, a min tamén me gustaría ir. E penso que unha bióloga sempre vai ser unha axuda nesa expedición. E a zódiac ben pode con catro, aínda que vaiamos un pouco xustos.

—De acordo –dixo Carlos, despois de quedar un tempo pensativo–. Empezade a arranxar todo e que non se vos esqueza nada: a roupa axeitada, o contador Geiger, as lanternas, o truel e mailo recipiente para as mostras.

—E nós poñeremos en marcha os motores e andaremos a traballar coma se estivesemos faenando, para que non se escoite o ruído do motor da lancha –dixo o capitán Lobón–. O resto xa depende de vós.

XII

(DO DIARIO DE ALBA)

21 de xullo
(pola noite)

BEN se ve que nas novelas pasan unhas cousas e na vida real outras, porque o caso é que a nosa expedición na procura de mostras para averigua-lo que era esa mancha brillante rematou nun total fracaso. Agora, cando ando a escribir no camarote, antes de me deitar, aínda están case todos falando arriba, en cuberta, da mala sorte que temos e de como habemos facer.

Pero é mellor que conte as cousas dende o primeiro. Xa era ben de noite cando saíron os da zódiac en dirección á mancha fosforescente, que agora de noite se distingue con claridade dende onde estamos. Antes o "Firrete" achegárase todo o que fora posible sen que dése lugar a sospeitas por parte do barco que vixía a zona. Na zódiac ían meu irmán, Gloria, Cristina e Roi.

A noite estaba tan escura que en canto se afastaron un pouco do barco xa non os viamos, aínda que eles non tiñan perda, porque a fosforescencia que emite a superficie brillante fai que as olladas todas se dirixan inevitablemente cara a ela.

No barco quedamos todos intranquilos e expectantes, matinando en como lles iría e no que atoparían aló. E o caso é que de alí a dúas horas volveron. E volveron coas caras longas, cheos de decepción. ¡Con razón había só un barco vixiando a zona! Segundo descubriron, ó redor dela hai unha rede que a rodea completamente, suxeita por medio das boias. E Roi, que é o técnico que sabe disto, dixo que a rede ten un sistema electrónico de alarma, de maneira que no momento en que alguén a rompa enviará sinais cara ó barco. E, de pasar iso, estariamos inevitablemente descubertos.

Pero Roi dixo ademais que a cousa era bastante inexplicable porque, aínda que só se puideron achegar ata preto da rede, estiveron a uns cento cincuenta metros da mancha brillante e o contador Geiger non marcaba nada. ¡Absolutamente nada! O que contradí todo o que se pensaba sobre un escape de residuos radiactivos. E a mancha brillante, que segundo din é moi extensa, reloce con tanta intensidade como se houbese alí unha chea de fogos artificiais.

E o caso é que agora, reunidos todos, a ninguén se lle ocorreu solución ningunha, sobre todo tendo en conta que se quere que toda a operación se desenvolva no maior dos segredos. Quedamos en que mañá pola mañá iamos ter outra vez asemblea, para ver que é o que se decide. O capitán di que só podemos estar outro día máis na zona, que do contrario si que levantariamos sospeitas. "¡O peor sería ter que se ir coas mans baleiras!", como dixo Gloria.

XIII

UNHA DECISIÓN SORPRENDENTE

XA había unhas dúas horas que o sol saíra pola banda do leste, abríndose paso entre unhas mestas nubes grises, que mesmo ameazaban chuvia. A mar, sen embargo, estaba moi calma e os movementos do "Firrete" eran case que imperceptibles. Mentres os membros da tripulación, axudados por Alberte e Toño, se ocupaban do traballo en cuberta, para seguir dando a sensación de que se estaba a faenar, os restantes membros da expedición estaban outra volta reunidos, con senllas cuncas de café na man. Na mesa había dous pratos cheos de biscoitos. Esta hora do almorzo fora a escollida para facer unha análise conxunta da situación.

—A verdade é que está ben difícil a cousa –dixo Carlos–. Estívenlle dando voltas toda a noite e non vexo unha saída con xeito.

—O de corta-las redes hai que desbotalo –engadiu Roi–. Recibirían o sinal de que algo estraño estaba a ocorrer e, aínda que están algo lonxe da nosa posición, o seu barco é ben máis rápido e alcanzaríannos sen dificultade.

—E ademais xa estamos oficialmente avisados de que esa é unha zona militarizada e que está prohibido entrar nela –cortou o capitán Lobón–. Así que, deixando á parte que perigaría moito a miña licencia, legalmente poderían apresarnos e conducirnos ata porto.

—Iso non sería o peor. ¡O peor é que, por riba de non descubrirmos nada, acabarían por se enteirar de que os de Adega estamos intentando chegar ata o misterio! E iso só serviría para os poñer en garda e que redobrasen a vixilancia.

—¿E como é logo esa rede? –preguntou Daniel–. Dixestes que non se podía tronzar, pero ¿non se podería pasar por baixo dela? ¿Ou tan profunda é?

—Polo que puidemos ver, pareceunos bastante profunda –contestou Roi–. E por fóra sobe ben medio metro por riba da superficie do mar. Ademais é moi arriscado mergullarse nestas condicións, non sabes ben ó que te expós. Con isto non quero dicir que non teñamos que intentalo, aínda que sexa como recurso derradeiro.

—Dixestes que era unha rede rara, con furados grandes. ¿E non podería ser que unha persoa se metese por un deses furados, sen ter necesidade de rompela? –insistiu Daniel.

—É verdade que a rede é rara, vese que deixaron

furados grandes para que puidesen pasa-los peixes sen ter dificultades que poderían provoca-la rotura –dixo Lois–. Pero dende logo unha persoa non cabe, agás...

Lois quedou parado no medio da frase. Todos miraron para el, agardando que continuase. Mentres, a súa cara foise iluminando cun sorriso, ó tempo que dicía:

—Pois claro... podería ser...

Logo, erguéndose do banco no que estaba e dirixíndose ós outros, dixo con rotundidade:

—¡Xa teño a solución! ¡Xa teño a solución! –Dirixiuse logo a Alba, que estaba sentada nun recuncho, a carón de Gloria, e díxolle–: Ven para aquí, irmanciña, que che vou explicar unha cousa...

Alba ergueuse e foi onda Lois. Este pasoulle o brazo polo van, ó tempo que dicía:

—Preséntovos a Alba Souto, que vai se-la nosa heroína.

—¡Ti toleaches! –dixo Roi–. Abofé que non te entendo. Nós aquí preocupados e ti poste a andar con lerias. Veña, deixa a rapaza e ímoslle seguir dando voltas ó asunto.

Lois fixo como que non oíra nada. Reclamou unha vez máis a atención de todos e seguiu a falar:

—Fixádevos ben nesta irmá miña. Sempre anda miña nai coa mesma historia por mor dela: que se esta nena non come, que se parece un palillo, que se hai que facer traballos forzados para conseguir que engorde un quilo... E recoñeceredes todos que non lle falta razón a miña nai: esta irmá que teño é miúda como poucas.

Mentres Lois falaba, Alba íase poñendo toda avermellada. Notaba as miradas dos outros fixas no seu corpo, un corpo que, como ela ben recoñecía, era longo e finiño. "E eu que lle vou facer se non engordo. Comer como ben, así que a culpa non é miña. Ademais, eu atópome ben así", pensou.

—¡Pero ti estás tolo! –atallou Carlos, ó tempo que se erguía e botaba a andar polo pequeno camarote–. Paréceme que xa sei que é o que estás a propoñer. ¿Va que es capaz de pretender que Alba pase polos furados da rede?

—Xustamente –dixo Lois–. E non me negaredes que a cousa é posible.

—Non lle vexo xeito ningún ó que dis –interveu Roi–. Acepto que é certo que Alba podería pasar a través dos furados da rede. Pero aínda que así fose, ti fuches coma min na zódiac; ¿e víche-la distancia que hai dende a rede ata as beiras da mancha brillante? Pasa dos cen metros. ¿E como queres que túa irmá chegue ata alí?

—Anda, Alba, cóntalle-lo que fas ti polo peirao, que esta xente parece que non sabe nada das virtudes desta irmá miña.

E sen que Alba tivese tempo nin de abri-la boca, engadiu:

—Pois aquí, onde a vedes, este saqueto de ósos é capaz de ir e volver nadando dende a rampla que hai no peirao de Pontebranca, a que está a carón da Confraría de Pescadores, ata os peares da ponte de ferro, da que por riba pasa o tren. E recoñeceredes que a distancia que vos digo pasa ben dos cen metros.

Todos quedaron calados. Pola expresión das caras, ben se vía que a maioría ía vendo que o proxecto tiña sentido, que era realmente a única alternativa con posibilidades de saír adiante. Foi Gloria a que, con cara preocupada, rompeu o silencio:

—Alba, ¿e ti que dis a todo iso?

—Eu digo que xa podedes ir preparando as cousas para esta noite –respondeu a nena–. E, mentres, que alguén me vaia explicando con todo detalle que é o que vou ter que facer.

XIV

(DO DIARIO DE ALBA)

22, de xullo
(pola noite)

¡¡FLORES!! ¡¡Son flores!! ¡A mancha brillante, a que a todos nos tiña tan preocupados, está formada por unha chea de flores! ¡E ben bonitas, por certo! Agora mesmo teño aquí, enriba da mesa do camarote, un pequeno ramiño delas. ¡E como arrecenden! Dá gloria velas e ulilas, aínda que este arrecendo sexa tan estraño e non se pareza a nada que eu coñeza. Cristina di que, aínda que semellan margaridas grandes, o que está claro é que estamos diante dunha especie completamente descoñecida. Ela confésase incapaz de dicir de que clase son e asegura que en ningún dos seus libros vén noticia de nada semellante.

Pero paréceme, amigo Diario, que o mellor é que empece a conta-la historia polo primeiro.

Despois da reunión de pola mañá, na que se decidiu que eu formaría parte da expedición e que sería a encargada de atravesa-las redes e nadar ata a mancha brillante, pasamos toda a tarde preparando ata o máis mínimo detalle da expedición. Eu agardaba con impaciencia a que escurecese. Ocuparía o sitio que a noite anterior lle correspondeu a Cristina, así que na zódiac iriamos Lois, Gloria, Roi e mais eu.

Por fin chegou a noite, tan escura como a anterior. Os catro da expedición baixamos á lancha. Levabamos moi pensados tódolos detalles do proxecto, e eu sabía de memoria todo o que a min me correspondía facer. Ía contenta e nerviosa ó tempo porque, aínda que me parecese mentira, desta vez era eu a que xogaría o papel máis importante.

Chegamos axiña ata a beira mesma da rede. O motor da zódiac facía un ruído pequeno, que se perdía entre o que producían as ondas do mar. Eu ía completamente envolvida nunha manta, aínda que por debaixo ía só co meu traxe de baño e cun gorro e unhas sandalias de goma. Levaba todo o corpo ben untado cunha fina capa de graxa, para evitar que o frío me fixese difícil a travesía. Realmente non lle tiña medo ningún á auga, que de cando en vez ía tocando coa punta dos dedos. Semellaba estar morniña, en contraste co aire da noite, que viña fresco de abondo.

Ó chegarmos alí Gloria parou o motor e situou a lancha a carón dunha das boias. Cada unha destas boias, separadas entre si uns catro metros, tiña unha especie de mastro de ferro, que facía que a rede que se suxeitaba a eles subise case un metro por riba da superficie da auga. Aló, algo máis lonxe, a fosforescencia que desprendía a grande mancha brillante parecía como se me invitase a ir, como se me chamase para me conta-lo seu segredo.

Lois atoume unha corda lixeira no nocello da perna dereita. Se eu daba uns tiróns fortes, sería o sinal de que tiñan que halar da corda para me recoller. Claro que iso só tiña que ser se me pasaba algo a min ou se ocorría algún feito estraño e que non tivesemos previsto.

Pero non foi necesario. Boteime á auga e sentina morna. Fíxenlle un aceno ós da lancha e mergulleime, nadando ata a rede. Alí comprobei que, efectivamente, os furados non eran moi grandes, pero si o suficiente para que eu puidese pasar. Estireime todo o que puiden e, primeiro os brazos, logo a cabeza e finalmente o resto do corpo, conseguín pasar por un dos furados. ¡Xa estaba dentro!

Axiña empecei a bracear con forza, pero sen me apurar. Sempre me gustou o nadar e notaba que avanzaba con facilidade. A grande mancha brillante estaba cada vez máis preto. O seu bri-

llo era estraño: semellaba como unha grande lúa que se estivese a espreguizar na tona do mar.

Unhas brazadas máis e xa chegaría. Visto dende agora, penso que daquela levaba algo de medo, pero nin conta me daba, xa que me dominaba completamente a excitación.

Cheguei por fin á mesma beira do que era a superficie brillante. Estaba tocando algo sólido coas miñas mans e aínda tardei algo en me decatar do que era. ¡Estaba tocando flores! ¡Flores semellantes a margaridas grandes, con pétalos brillantes e duros que lembraban as cunchas nacaradas que ás veces se atopan na praia de Arealonga, tan agradables ó tacto!

Eu estaba completamente abraiada, pero non era aquel o momento de se poñer romántica coa beleza das floriñas, así que continuei co programado. Visto que o que tiña que traer era sólido, desbotei a utilización do pequeno recipiente pregable que levaba por se houbese que recoller mostras líquidas e, pola contra, despreguei a rede que levaba e enchina con tódalas flores que puiden.

En que enchín a rede, suxeiteina ó meu van e volvín a nadar, iniciando o camiño de volta. A lanterna de Gloria, que me facía periódicos sinais, servía para me orientar na miña traxectoria de volta á zódiac.

Axiña estiven outra vez diante da rede. Bus-

quei coa vista e coas mans un dos seus furados e repetín a operación de antes. Levoume algo máis de traballo, porque xa ía indo cansa e ademais traía a rede coas flores por tras de min. Notei como dous pares de mans me collían, me izaban dentro da zódiac e me embrullaban nunha manta que me semellou o ceo, ó tempo que me poñían na man un vaso de leite fervendo e adozado con mel, procedente dun termo que antes me parecía inútil e agora me semellou marabilloso. ¡Conseguirámolo!

Mentres eu recuperaba os folgos, case me entraban as ganas de rir vendo as caras de abraio de Gloria, Lois e Roi mentres ollaban, sen necesidade de lanternas, as flores da bolsa. Pero daquela estaba demasiado cansa para lles explicar nada, xa o faría arriba, cando estivesemos todos no barco.

Cando subimos á cuberta do "Firrete", Gloria e mais Cristina colléronme e viñeron comigo ata o camarote, sen facer caso ningún das moi numerosas preguntas e repetindo tan só: "¡Conseguímolo! ¡Conseguímolo!" Refregáronme ben todo o corpo, para me quita-la graxa, e vestíronme con roupa de abrigo. Puxéronme logo diante un prato da sopa de verduras que sobrara da cea, que viña fervendo, e mais un bocata de tortilla francesa con tomate, que son os meus preferidos. Devorei todo con tantas ganas que miña

nai non me recoñecería se me vise. E desta vez o lugar de reunión xeral foi o noso pequeno camarote, porque ó pouco tempo xa estaba todo o mundo alí, agardando a que empezasémo-lo noso relato.

Conteilles todo punto por punto, acompañado o meu relato dalgunhas explicacións puntuais de Gloria e Roi. Estaban todos moi asombrados coa historia das flores, algunhas das cales estaban metidas nunha caixa que ía pasando de man en man. As outras quedaron depositadas nunha cubeta, en auga de mar, para asegurarnos de que seguían vivindo. As explicacións de Cristina tentando dar razón do nacemento daquelas flores no medio mariño e esforzándose por asocialas con algo coñecido, non convencían a ninguén. Estaba claro que nos atopabamos diante de algo que obedecía a un fenómeno novo.

Aínda que parecía que tiñan ganas de estar falando toda a noite, de alí a un pouco eu empecei a poñer cara de sono e deixáronme soa no camarote, para que puidese descansar. ¡Pero como me ía eu durmir sen contar antes todo isto no Diario! Agora si, agora xa está todo contado e podo durmir, que boas ganas teño. Mañá regresamos e dentro de dous días, se Deus quer, xa hei durmir na cama da miña casa.

XV

OBXECTIVO: DESTRUÍ-LAS FLORES

A cara do xeneral Mc Logan era a viva expresión do desalento. Tódolos outros membros do Consello Permanente do Alto Mando da OTAN adiviñaron que o asunto que os reunía por terceira vez en poucos días debía estar collendo unhas dimensións imprevistas. Mc Logan, logo dos saúdos de rigor, pregou silencio e comezou a súa intervención:

—O que hoxe nos reúne aquí, nesta convocatoria máis urxente que as anteriores, é que os informes secretos referidos ás estrañas flores atopadas na Fosa Atlántica son dunha gravidade extrema. A miña opinión persoal é que nesta ocasión a OTAN enfróntase á crise máis grave de toda a súa historia.

—¿Que pasa logo? –inquiriu o doutor Strangelove–. Trátase da terrible arma secreta dos rusos, ¿non si? ¡Así que á fin era certo!

—Os rusos non teñen nada que ver en toda esta historia. Ou si, porque están co mesmo perigo ca nós. Precisamente, creo que despois desta reunión deben ser informados das decisións que adoptemos aquí.

—¿Trátase logo dunha ameaza do espacio? ¿Verdade que se trata de flores de orixe extraterrestre? ¿Vannos invadi-los marcianos?

—Non hai tales marcianos –respondeu Mc Logan lixeiramente irritado–. ¡Oxalá nos atacasen os marcianos! ¡Polo menos saberiamos quen é o inimigo ó que nos enfrontamos! –Fixo uns acenos coas mans, para indicar que o deixasen seguir–. Porque o que agora está en xogo é a nosa razón de existir, a nosa supervivencia. Señores, se non atopamos con urxencia unha solución, nós e todo o estamento militar en xeral pode deixar de existir. Así de sinxelo. Estou, están todos vostedes, diante do meirande dos perigos.

—¡Pois explíquenos máis! ¡Non nos teña así, neste desacougo!

—Teñen toda a razón. Permítanme logo que lles informe dende o primeiro e, en que remate, entraremos en valoracións. Como todos lembrarán, logo da recollida de flores na Fosa Atlántica e do estraño comportamento adoptado polas persoas que participaron na operación, as flores foron enviadas ó noso laboratorio da base de Plymouth.

Mc Logan tirou da súa carteira un groso dossier e ergueuno para que fose ben visible. Logo, continuou:

—E velaquí teño o informe do noso equipo de

científicos. O último que fixeron antes de demitir todos en bloque e de que o mando da base se vise na obriga de encerralos na cadea.

—¡Encerralos na cadea! ¿Só porque quixeron demitir? –preguntou o xeneral Freire.

—Non é só que quixesen demitir. É que, ademais, anunciaron que dende aquel mesmo momento creaban a "Asociación de Científicos pola Paz", presentando un documento no que afirmaban que ata daquela estiveran facendo unha ciencia ó servicio da destrucción e no que anunciaban que ían divulga-los resultados do informe. ¡E o tema é alto secreto!

—Veña, díganos axiña cales eran as conclusións recollidas no informe –atallou o maior Schultz.

—Pois ben, prescindo de toda a literatura científica e paso directamente ás conclusións do estudio: as flores da Fosa Atlántica pertencen a unha especie descoñecida ata agora. Son, como se dixesemos, flores mutantes. Hai varias hipóteses acerca do seu nacemento, pero a máis verosímil é que a súa aparición alí se debe á radiactividade que se escapou de diversos bidóns que se abriron. Como actuou esa radiactividade sobre sementes de flores, probablemente traídas polo vento, é un misterio, e ademais agora non vén ó caso. As flores, iso si, están perfectamente adaptadas para se desenvolver no medio mariño.

—Non alcanzo a ve-la gravidade do asunto –murmurou o contraalmirante Dubois.

—E o curioso é que as flores proceden dun fenómeno radiactivo, pero non emiten radiactividade ningunha, como parecería lóxico –continuou Mc Logan–. Pero teñen dúas características moi salientables, que son estas: a primeira, que se reproducen con moita facilidade, co cal se está conseguindo que a superficie ocupada pola mancha brillante sexa cada vez maior. A segunda... –aquí Mc Logan fixo unha pausa, reclamando coa súa mirada a meirande atención de tódolos presentes– ...a segunda é que desprenden un forte arrecendo, moi intenso e moi agradable. ¡Pero ese arrecendo ten un efecto sobre as persoas que están sometidas ó seu influxo, xa que esperta nelas un forte sentimento pacifista!

—¡Pero iso é terrible! ¡Iso quere dicir que as ideas pacifistas axiña poden estar estendidas por tódolos recunchos do mundo!

—¿E non cabe a posibilidade de que os efectos sexan só pasaxeiros?

—¡Pois só hai dúas solucións: ou atopar un antídoto eficaz ou destruír por completo tódalas flores!

—¡Ese é o único camiño! ¡¡Destruí-las flores!!

—Efectivamente –concluíu Mc Logan–. Creo que o único camiño é a destrucción de tódalas flores. ¡De todas! As da Fosa Atlántica e as que temos nos laboratorios, aínda que non quede mostra ningunha para investigar. ¡Non podemos correr risco ningún! ¡Así que transmitirei a orde de que as flores da base de Plymouth sexan todas incineradas!

—¿E que facemos coas da Fosa Atlántica? ¡Todo

indica que se están estendendo! –dixo o capitán Birdie.

—A mellor solución –propuxo o xeneral Freire–, é mandar alí unha escuadrilla de bombardeiros, que arrasen por completo toda a zona. E que posteriormente pase un equipo de helicópteros, dotados de canóns incineradores, para que queimen tódolos restos que puidese haber.

—A idea é boa. Pero, ¿e a opinión pública?

—Pois dicimos que bombardeámo-la zona para destruí-los restos de radiactividade que puidese haber. E xa está.

—¿E non pode haber filtracións da verdade?

—Non é fácil –atallou Mc Logan–. Tódolos que dun ou doutro xeito participaron na operación "ESPELLO MARIÑO" están detidos. E prevese telos así durante un tempo. Xa pensaremos logo en como os reciclamos. Ademais, aínda está por ver se son ou non pasaxeiros os efectos destas flores pacifistas.

—¿E para cando o bombardeo?

—O bombardeo, de aquí en diante a operación "ESPELLO ROTO", será dentro de dous días, logo de informar ó Pacto de Varsovia e a Pekín. Reunirémonos posteriormente, para analiza-los resultados do mesmo.

XVI

(DO DIARIO DE ALBA)

24 de xullo

AÍNDA que pareza mentira xa estou escribindo outra vez dende a miña habitación, na miña casa de Pontebranca. Chegamos ó porto hoxe pola tarde, pero houbo que desembarcar á noitiña e case en segredo, sen que se notase que volviamos. Ata tiven que estar calada diante de Xabier, que tamén nos foi agardar, e que medio se enfadou comigo porque non lle dixen máis que vaguidades.

E é que xa se recibira no barco un aviso por radio, doutros membros de Adega, pedindo que se volvese procurando pasa-lo máis inadvertidos que fose posible. E cando xa botarámo-la áncora e estabamos a recoller tódalas nosas cousas, subiron a bordo un home e unha muller da organización, que dixeron que había moito nerviosismo e moito movemento nos medios oficiais acerca da Fosa Atlántica e que era preferible que non transcendese nada da expedición ata que tivesemos tódolos datos na man. E que ademais parecía que se preparaban importantes movementos militares na Fosa Atlántica.

Así que todo o fixemos coma se fosemos contrabandistas. Hoxe mesmo xa se van analizar mostras das flores nos laboratorios en que traballa Cristina, na Coruña, e tamén noutros de Santiago. E mañá, nunha avioneta particular, saen mostras para París, Londres e Bruxelas, onde as analizarán tamén os laboratorios que colaboran con Greenpeace. Porque os de Adega decidiron que agora era o momento de informalos e de pedi-la súa colaboración. ¡Nunca pensei que a historia esta fose mover a tanta xente! ¡Fai que me sinta importante e todo!

Menos mal que na casa meus pais non me reñeron nada. Lois contoulles todo o que fixera e o importante que foi para o éxito da misión o que eu estivese no "Firrete". Ó remate, ata parecía que estaban ben orgullosos de min, aínda que facían esforzos para que non se lles notase.

Hoxe Gloria dorme na miña casa, e mañá marcha para Vigo. Leva dende que chegou traballando no ordenador de meu irmán, pasando a limpo a reportaxe que xa foi escribindo no barco. Di que quere ter todo arranxado para cando as cousas se poidan facer públicas.

A min deixáronme quedar con dúas das flo-

res e púxenas nunha tina, en auga do mar que foi buscar Lois. E ten razón Cristina ó dicir que se reproducen con facilidade, porque agora, cando fun velas antes de me deitar, xa lles saíran uns xermolos coma os das freseiras e nun deles xa había follas e un pequeno bochiño que parecía querer abrir. Seguro que mañá xa teño unha flor máis.

O que máis rabia me dá é o de Xabier, a ver se vai pensar que veño toda crida ou cousas desas, e que non quero falar con el nin contarlle nada. Chameino despois de cear, pero polo teléfono ben o notei enfadado, como se non entendese que só lle podía contar catro cousas. Pero de aquí a poucos días supoño que xa lle poderei dicir todo polo miúdo e daquela ben ha ver que a cousa era así porque eu estaba obrigada. Pero iso non quita que me dea rabia o ter que lle facer isto ó meu mellor amigo.

XVII

UNHA CONMOCIÓN MUNDIAL

Xullo, día 28, 7 a.m.

Unha escuadrilla de avións bombardea unha zona de 60 km.^{2} na Fosa Atlántica. Tódalas flores da mancha brillante quedan destruídas.

Xullo, día 28, 9 a.m.

O Alto Mando da OTAN difunde a noticia de que o bombardeo tiña o obxectivo de destruí-la grande mancha fosforescente da Fosa Atlántica, "xa que contiña elementos radiactivos e podía ser perigosa para a vida mariña da zona". A noticia é recollida pola meirande parte dos medios informativos de occidente.

Xullo, día 29, 5 p.m.

Roda de prensa simultánea en Santiago, Londres, París e Bruxelas, convocada conxuntamente por Adega, Greenpace e representantes do movemento pacifista europeo.

A noticia foi unha conmoción mundial e aínda que ó primeiro algúns xornais e emisoras se negaron a lle dar creto, axiña se tiveron que render á evidencia das probas e salientala como se merecía.

Todo empezara a tarde do 29 de xullo, coa roda de prensa que membros de Adega e Greenpeace, en compaña doutras organizacións pacifistas europeas, celebraran simultaneamente en Santiago, Londres, París e Bruxelas, presentando as flores da Fosa Atlántica e un amplo informe no que se recollían as incidencias da viaxe do "Firrete" e os resultados das análises que se levaran a cabo nos laboratorios, cunha explicación das propiedades e os efectos que ditas flores tiñan. Ás rodas de prensa asistiran os corresponsais das máis importantes axencias, xornais e cadeas de radio e televisión de todo o mundo.

Alba estivera na de Santiago, en compaña de Glo-ria, Lois, Cristina e Carlos, ademais doutras persoas que ela non coñecía, entre as que estaba Rémi Parmentier, un dos máis destacados membros de Greenpeace. Celebrárase no Hostal dos Reis Católicos, nun

saion cheo de cables, cámaras, focos e micrófonos, entre os que se movía a morea de xornalistas alí congregados.

Os integrantes da expedición informaron puntualmente de tódolos detalles da mesma, así como dos experimentos e análises que se levaran a cabo nos laboratorios da Coruña, Santiago, Londres e París, todos eles coincidentes nunhas conclusións categóricas: as flores eran algo enteiramente novo, unha especie mutante provocada polos efectos dos verquidos radiactivos que reiteradamente se fixeran na Fosa Atlántica. Reproducíanse con facilidade e desprendían un penetrante cheiro. Ese arrecendo tiña unhas estrañas propiedades, xa que provocaba cambios na mentalidade das persoas que estaban baixo o seu efecto. O máis transcendental, segundo dixeron os científicos alí presentes, era a natureza deses cambios: operaba sobre os sentimentos e actitudes das persoas, borrando todo rastro de gusto pola violencia e polo armamentismo que puidese haber e, pola contra, espertando nas persoas uns afervoados sentimentos pacifistas. Estes cambios producíanse dun xeito que ata agora os científicos non sabían explicar e, polo visto, parecían ser permanentes.

A repercusión da noticia foi enorme. Non se lembraba un despregue informativo tal dende a chegada dos primeiros homes á lúa, en xullo do ano 1969. As emisoras de radio e televisión de todo o mundo, así como a práctica totalidade dos xornais, comentaron os mil e un detalles do asunto, conscientes da importancia que para o futuro tiñan aqueles feitos. Valla como mostra a crónica que, en primeira páxina, insertaba o influente xornal *The Washington Post*:

THE WASHINGTON POS

Desvelado o "misterio da Fosa Atlántica"

Flores mutantes para a paz mundial

Santiago de Compostela (por Walter Simmons, correspondente en España). Dende a tarde de onte o "misterio da Fosa Atlántica" xa non é tal e moitas explicacións vai ter que da-lo Alto Mando da OTAN para convencernos da bondade da súa versión dos feitos, recollida anteriormente nestas mesmas páxinas. Dúas organizacións ecoloxistas, a galega Adega e a internacional Greenpeace, ofreceron onte unha conferencia de prensa na que informaron da arriscada viaxe que, camuflados nun pequeno barco pesqueiro, fixeron ata a Fosa Atlántica. Unhas fermosas flores dun branco nacarado e un amplo informe excelentemente documentado, dan proba de todo o que os ecoloxistas afirmaron na roda de prensa que, en resume, é o seguinte: a misteriosa mancha brillante, que a OTAN atribuía a residuos de po radiactivo, estaba formada por flores. Flores dunha nova raza, xerada por mutación como consecuencia dos efectos dos verquidos nucleares. Flores que, e isto é o importante, teñen a extraordinaria cualidade de transformar en afervoada pacifista a toda aquela persoa que cheire o seu penetrante arrecendo. Isto, de seguro, ha provocar nos vindeiros días serias consecuencias no panorama político mundial.

Así que, á vista destes feitos, que unha nota da OTAN veu de calificar como "fantasías propias dun grupo de extremistas iluminados", xa se pode afirmar categoricamente que o que a OTAN destruíu onte, nun espectacular bombardeo, non foi "un po radiactivo que ameazaba a vida mariña e a longo prazo a vida das persoas", senón o xerme do que pode ser unha nova época de paz mundial. E entón cabe preguntarse, ¿de quen nos defende a OTAN? ¿Traballan para a paz, como din, ou necesitan un mundo cheo de conflictos para poder subsistir?

Non resulta doado vaticina-lo que pode pasar a partir de agora, aínda que a ninguén se lle escapa que as cousas non van quedar como estaban. Polo de pronto, Adega e Greenpeace xa se responsabilizaron da distribución masiva de flores, que se reproducen con abraiante facilidade, a tódolos lugares do mundo. O *flower's power*, o vello soño dos hippies daquela década prodixiosa que foron os anos sesenta está a piques de se cumprir: flores para a paz mundial.

E abofé que as consecuencias non se fixeron agardar. Os cargamentos de flores empezaron a chegar a tódalas partes do mundo, principalmente a aquelas en que se vía que era máis necesario o seu efecto. E empezaron a ser utilizadas pola xente que sabía o que se podía facer con elas. Unha mostra dos seus efectos pode apreciarse nesta selección de titulares aparecidos en xornais de diferentes partes do mundo, ó longo dos días seguintes:

USA TODAY

Gran preocupación no Pentágono

SOLDADOS ABANDONAN EN MASA O EXÉRCITO USA

Daily Mirror

Onte firmaron a paz Israel e os países árabes

CHEGOU A PAZ A ORIENTE MEDIO

Frankfurter Allgemeine

ZEITUNG FÜR DEUTSCHLAND

O TERCEIRO MUNDO DILLE ADEUS Á POBREZA

Chegará con investi-la terceira parte dos actuais gastos militares.

Le Monde

Preocupación dos mandos militares de Moscú

O EXÉRCITO SOVIÉTICO QUEDA SEN SOLDADOS

DIARIO DE GALICIA

Menos canóns, máis manteiga

A INDUSTRIA DO ARMAMENTO EN ABERTA CRISE

XVIII

(DO DIARIO DE ALBA)

4 de agosto

¡CANTOS días sen escribir nada no Diario! E non é que me esquecese, pero a verdade é que dende a roda de prensa en Santiago todo se empezou a acelerar de tal maneira que me parece que ata perdín a noción do tempo, porque xa non sei ben nin o día en que vivo.

Porque que falasen aquel día comigo os periodistas, e me fixesen preguntas e todo iso, pareceume normal. ¡Pero quen contaba con todo o destes días! Está Pontebranca chea de periodistas, da radio, de televisións do estranxeiro, de xornais dos que nunca escoitara falar...¡que sei eu! E o caso é que ningún se quere ir sen me facer unha entrevista, así que aí me tes a min sentada todo o día no comedor, veña contestar preguntas unha e outra vez. Moitas veces con intérprete, coma onte, cando veu aquel equipo da televisión alemana. É gracioso o de falar con intérprete, parece como se a entrevista fose a cámara lenta. De tanto contesta-las mesmas preguntas xa case me saen soas as respostas, e iso que non me gusta contárlle-las cousas coma se fose un papagaio, pero unha remata por cansarse.

O que xa non levo agora é o dos recortes da Fosa Atlántica, que diso xa se encarga Lois. Aínda que hoxe dixo que estes días xa pagaba máis a pena garda-los xornais enteiros, de tanto como traen. E tamén empezou outro caderno igual, no que escribiu na tapa "ALBA", en grandes letras vermellas. Nel está pegando tódolos recortes de prensa en que saio eu, moitos de xornais de fóra e escritos en idiomas que ninguén de nós entende. Resulta raro ver que nalgúns a miña foto é o único recoñecible entre tantos signos estraños. Aínda os estiven mirando antes de vir para a habitación e xa hai unha chea deles. "E os que faltan", dixo Lois cun sorriso de orella a orella.

Porque a que se armou co das flores é algo que custa traballo crer. Non se fala doutra cousa en todo o mundo e tódolos días dan pola televisión algunha noticia relacionada co remate dunha nova guerra. Lois xa di que por fin parece que as cousas todas van empezar a cambiar e que é posible que as persoas todas nos decatemos de que só existe un mundo, de que hai que coidalo e de que as guerras só serven para que todo vaia cada vez peor. E que con tódolos cartos que se gastan en armamento é posible rematar con toda a fame e a pobreza do mundo. ¡Ás veces dáme non sei qué ó pensar que eu axudei un pouco a que todo isto puidese suceder!

E o peor é que en todos estes días non lle puiden facer caso ningún a Xabier, e iso que veu varias veces pola casa. Pero hoxe xa quedei con el e mañá, aínda que despois de almorzar tiña que atender a unha periodista que vén de París para falar con Lois e comigo, vou poñer calquera desculpa e vou saltar pola ventá da habitación de atrás. Xabier xa ha estar no peirao coa lancha de seu pai, e quedou de se encargar tamén de levar uns bocadillos e algo de froita. E habemos ir ata preto da Punta Lobeira, a coller luras para a cea. E se fai bo día chegámonos despois ata a praia pequena do Esteiro, a que ten a fontiña mesmo ó pé da area e na que nunca hai case ninguén. E habémonos bañar, e tumbarnos ó sol, e buscar cunchas a carón das rochas ¡Que quero volver a estar coma os outros da miña idade e paréceme que xa vai sendo hora de empezar a disfrutar outra vez da vida de tódolos días!

XIX

O DERRADEIRO REDUCTO

NON só o xeneral Mc Logan, senón tamén tódolos outros membros do Consello Permanente do Alto Mando da OTAN aparecían con caras longas e miradas cheas de desánimo. A grande mesa ó redor da que se sentaban estaba chea de xornais e documentos impresos en papeis de diferentes cores e tamaños, todos esparexidos nunha absoluta desorde.

Foi Mc Logan o que, o mesmo que noutras ocasións, iniciou oficialmente a reunión coas seguintes palabras:

—Señores, é moi probable que esta reunión sexa a derradeira que celebremos como tal Consello Permanente da OTAN. As noticias que chegan de tódalas partes do mundo non poden ser máis desalentadoras. E os informes confidenciais, cada vez menos fiables e máis incompletos, aínda son máis contundentes: desercións en masa dos soldados dos diferentes exércitos, aquí e en tódalas partes: China, Rusia, Chile, EE.UU... Esfarelamento do Pacto de Varsovia e crise profunda en tódolos gobernos da nosa organización. ¡Un caos, unha alteración total da orde establecida! E en case tódolos países hai anunciadas xa novas eleccións, cuns partidos que, sinxelamente, non contemplan a existencia dos exércitos nin de armamento ningún nos seus programas de goberno. ¡As perniciosas ideas pacifistas e ecoloxistas esténdense como unha mancha de aceite por tódolos países do mundo! ¡Este Consello Permanente debe ser un dos últimos reductos nos que aínda está vivo o xenuíno espírito militar!

—Pero, ¿como foi posible este desastre? –preguntou o maior Schultz–. ¿Como non fomos capaces de destruír tódalas flores?

—Si que fomos. O bombardeo foi do máis efectivo. ¡Pero quen contaba con esa expedición mínima, camuflada nun barco pesqueiro!

—Señores, non perdámo-lo tempo en discusións estériles –dixo o doutor Strangelove–. Nós aínda estamos a salvo da epidemia, e os soldados que custodian este recinto tamén. ¡Mentres hai vida hai esperanza! ¡Ideémo-lo mellor xeito de permanecer a salvo, porque nin tan sequera sabemos se os efectos das flores son permanentes ou non!

De súpeto, oíronse voces procedentes do patio interior do edificio en que se desenvolvía a reunión. Varios dos asistentes erguéronse e dirixíronse á grande fiestra que comunicaba a habitación na que estaban co patio interior. Ó pé dela atopábanse varios soldados da gornición, así como outras persoas que, polas súas roupas, ben se vía que procedían do exterior. Os soldados ían sen as súas armas regulamentarias e todos eles levaban senllos ramiños de flores brancas na man.

O maior Schultz abriu o grande ventanal. Un vento fresco e alegre abaneou as grosas cortinas e fixo que voasen algúns papeis. O xeneral Mc Logan fixo o aceno de se erguer do seu asento e correr cara a fiestra, con intención de pechala. Pero desistiu do seu intento e deixouse caer pesadamente na súa cadeira. Coa cara crispada, exclamou:

—¡¡Estamos perdidos!! ¡¡Esta é a fin!!

Unha chuvia de flores brancas, lanzadas polos soldados que estaban no exterior, entrou no recinto. O seu arrecendo, incriblemente intenso, comezaba a inundar tódolos recantos da habitación.

A N E X O S

Para a redacción destes "Anexos" consultei diferentes libros e revistas. Aínda que todos me foron de utilidade, quero salientar aquí dous títulos: *Os residuos radiactivos*, de Ramón Varela Díaz (Edicións Xistral, 1983) e, sobre todo, *Desde la fosa de la muerte. Informe sobre vertidos radiactivos en el mar*, de María García Añón (Ediciós do Castro, 1983), do que tirei unha boa parte dos datos. Ademais, quero manifesta-lo meu agradecemento a Xoán Silvar, da Sociedade Galega de Historia Natural, que me orientou na miña procura de información.

Anexo 1: A FOSA ATLÁNTICA

A superficie do fondo do mar non é plana. Nos fondos mariños pódense atopar cadeas de montañas, enormes depresións, vales estensísimos, etc. En suma, case tódolos accidentes do relevo que estamos afeitos a ver en terra firme.

Ás veces hai zonas do mar que teñen unha profundidade moito maior que as que as rodean, como se alí a superficie do fondo formase unha grande sima. Son as fosas mariñas.

Xeralmente teñen a forma dunha grande zanxa alongada e acostuman ter máis de 5.500 m. de profundidade. A máis profunda é a das Illas Marianas, no Océano Pacífico, que ten 11.034 m. de profundidade e se estende ó longo duns 2.550 km.

A chamada Fosa Atlántica non debera ter ese nome, xa que non é propiamente unha fosa (só ten uns 4.000 m. de profundidade), e está nunha zona situada relativamente preto das costas galegas, tal como se observa no mapa.

Vén tendo a forma dun rectángulo comprendido entre as latitudes 45° 50' N e 46° 10' N e as lonxitudes 16° 00' W e 17° 30' W, ocupando unha área duns 4.000 $km.^2$, a uns 700 km. do cabo Fisterra.

Esa foi a zona escollida por diferentes países europeos, principalmente Gran Bretaña, Holanda, Bélxica, Luxemburgo e Suíza, para mergullar nela os residuos radiactivos procedentes das súas centrais nucleares. Antes houbera outros emprazamentos, tamén no Atlántico, situados aínda máis preto das costas galegas.

Anexo 2: A ENERXÍA NUCLEAR E OS RESIDUOS RADIACTIVOS

Dende que en 1896 Henri Becquerel e, dous anos máis tarde, Marie Curie descubriron que algúns elementos químicos emitían unhas radiacións descoñecidas ata daquela, os avances no estudio e utilización da enerxía nuclear sucedéronse dun xeito ininterrompido.

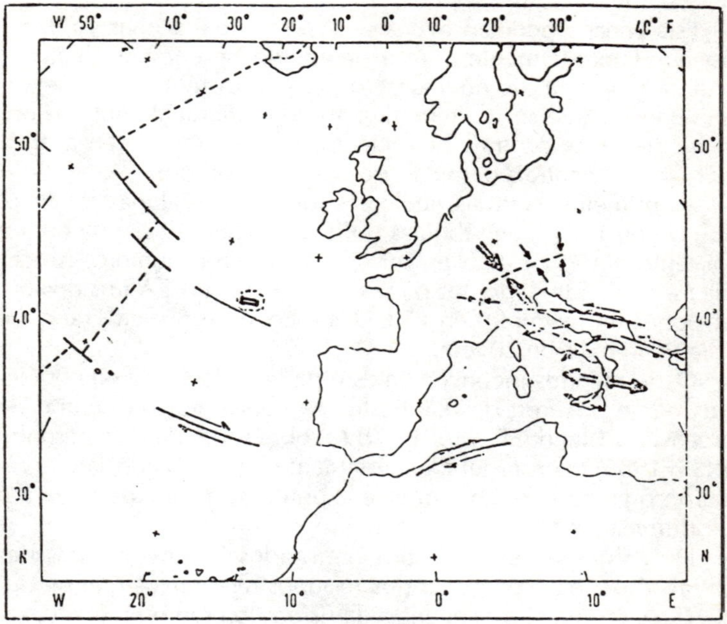

Fosa Atlántica.

A enerxía nuclear, chamada así porque é debida a fenómenos que ocorren no núcleo dos átomos, prodúcese na actualidade pola fisión (rotura) de átomos de uranio ou plutonio, que vai acompañada pola producción de grandes cantidades de calor. Esta enerxía axiña foi utilizada para fins militares, na fabricación das chamadas "bombas A". As primeiras bombas atómicas foron lanzadas por avións norteamericanos sobre as cidades xaponesas de Hiroshima e Nagasaki, en agosto de 1945, co balance de 110.000 mortos e 100.000 feridos, ademais da destrucción completa dos edificios.

Esta enerxía pode aproveitarse tamén para fins civís, utilizándose fundamentalmente para a obtención de enerxía eléctrica, mediante as centrais nucleares. Deste xeito téntase conseguir unha enerxía que sexa alternativa á que tradicionalmente se obtén mediante as centrais hidroeléctricas (que aproveitan a auga dos ríos) e as centrais térmicas (que utilizan carbón).

As primeiras centrais nucleares foron as instaladas en Arco, (EE.UU.) en 1951 e en Obninsk (URSS) en 1954. O seu medre foi moi lento ata 1974, ano en que se construíron numerosas centrais na meirande parte dos países industrializados. A fins dos 80, por poñer un exemplo, en EE.UU. pasaban de 60, en Francia e Rusia tiñan máis de 20, etc.

Os tremendos inconvenientes e perigos desta enerxía nuclear axiña se puxeron de manifesto. As catástrofes da central de Three Miles Island (EE.UU., 1979) e, sobre todo, da de Chernobil (URSS, 1986) fixeron dubidar seriamente da súa seguridade e revelaron o grande perigo ó que se expón a humanidade enteira ó construír estas centrais.

De calquera xeito, un dos meirandes inconvenientes das centrais é o almacenamento dos residuos radiactivos que producen. Estes residuos, procedentes da fisión do uranio utilizado, seguen emitindo radiactividade durante un período de tempo moi prolongado, que en moitos casos é superior ós 100 anos.

Unha central nuclear de 1.000 megawatios xera cada ano ó redor de 500 bidóns de 250 litros de residuos radiactivos sólidos, ademais de 200 quilos de plutonio. Algúns países levan anos acumulando estes residuos en grandes depósitos subterráneos, utilizando como recipientes bidóns de chumbo recubertos de cemento.

Outros países, en vez de gardar estes residuos no seu territorio, decidiron mergullalos no fondo do mar, encerrados en bidóns. Os países europeos escolleron diferentes lugares do Océano Atlántico para realizar estes verquidos radiactivos.

Nun informe elaborado polo Departamento do Estado e o Consello sobre Calidade Ambiental dos EE.UU., pódese ler:

"... Durante a vida útil das centrais nucleares que probablemente se construirán entre hoxe e o ano 2.000, xeraranse varios centos de miles de toneladas de combustible nuclear de desperdicio altamente radiactivo. Aínda non se demostrou que todos eses desperdicios de alto e baixo nivel, provenientes da producción de enerxía nuclear, poidan almacenarse e eliminarse coa seguridade de que non habería incidentes que lamentar. É mester sinalar que algúns subproductos dos reactores teñen unha vida media de aproximadamente cinco veces a totalidade da nosa historia escrita."

Anexo 3: OS VERQUIDOS RADIACTIVOS NA FOSA ATLÁNTICA

A meirande parte dos países europeos decidiron elimina-los seus residuos radiactivos mediante o procedemento de mergullalos en diferentes zonas do Océano Atlántico. Estes verquidos, que se iniciaron nos anos cincuenta, non estiveron suxeitos a ningún tipo de control ata 1965, ano en que se elaborou unha primeira normativa.

A partir desa data os verquidos localizáronse fundamentalmente na Fosa Atlántica. Para darse unha idea da cantidade de material radiactivo mergullado, chega con dicir que entre 1967 e 1982 botáronse ó mar 94.800 toneladas de residuos, e que só no ano 1983 se contabilizaron 11.693 toneladas.

Estes residuos van pechados en bidóns metálicos herméticos que, segundo as versións oficiais, ofrecen unha total seguridade. A experiencia demostra que non sempre é así. O comandante Cousteau, nun informe elaborado polo Consello de Europa, dicía:

"Utiliza-lo océano como un vertedeiro nuclear é unha estupidez. En 1959 eu encabecei unha iniciativa tendente a impedi-lo depósito de refugallo atómico no Mediterráneo. A

nosa acción tivo éxito. Logo, depositaron eses residuos no Océano Atlántico. Se sempre estiven convencido de que isto supón un gravísimo perigo é, sobre todo, pola súa duración. Un erro de cálculo é irreparable en moitas xeracións, mentres que noutros tipos de contaminación os erros poden ser corrixidos. As medidas adoptadas nunca son seguras. Os contedores ou depósitos de residuos que se mergullan no fondo do mar esmáganse baixo a presión. ¡Teñen sido fotografados abertos, entreabertos coma se fosen ostras!"

Anexo 4: GALICIA E OS VERQUIDOS RADIACTIVOS

A organización ecoloxista Greenpeace é a que se vén distinguindo, dende hai xa ben anos, na loita física contra os verquidos radiactivos na Fosa Atlántica e noutras zonas mariñas. Cos seus barcos, dos que os máis coñecidos son o "Sirius" e o "Raimbow Warrior", seguen ós buques ata a zona en que van proceder á solta dos bidóns de refugallo radiactivo. Unha vez alí, colócanse ó seu carón, utilizando lanchas zódiac, obstaculizando e impedindo, con graves riscos físicos, a descarga dos bidóns.

Durante os anos 1981 e 1982, que foi a época na que se produciu un incremento dos verquidos na Fosa Atlántica, a meirande parte da poboación de Galicia manifestou activamente a súa protesta contra esta agresión á natureza. Considerouse que, dada a proximidade da zona ás costas galegas, sería doado que as correntes mariñas transportasen as augas radiactivas ata o noso litoral e os bancos pesqueiros en que faenan os nosos mariñeiros.

Numerosos concellos, organizacións ecoloxistas, confrarías de pescadores, forzas políticas e sindicais... mobilizáronse para protestar, en Galicia e en diferentes capitais europeas (Londres, Bruxelas, etc.), contra estes verquidos. Houbo algúns barcos galegos –o "Xurelo", o "Arousa I", o "Pleamar"– que foron ata a Fosa Atlántica para se opoñer, a carón dos de Greenpeace, ó mergullamento dos bidóns por parte dos barcos holandeses, alemáns e británicos.

Rémi Parmentier, director da sección francesa de Greenpeace, escribiu sobre isto o seguinte:

"É bastante raro que toda unha poboación, case unanimemente, se rebele e reivindique o seu dereito a actuar sobre a salvagarda do mar.
(...)
Verque-los residuos nucleares no mar é a solución fácil: unha vez que se verqueron non hai máis de que se preocupar, non existe unha poboación local á que haxa que tranquilizar ou adormecer con subvencións-somnífero, como sucede ó redor dos cemiterios atómicos terrestres. O peso electoral das baleas, dos arroaces ou das sardiñas está ben claro que é desprezable. Todo fora previsto, menos a aparición da tenacidade dos membros de Greenpeace que, aportando as súas testemuñas vivas, fotográficas e audiovisuais, e levando "in situ" a prensa internacional, conseguiron desprazar millóns de telespectadores e millóns de lectores a miles de quilómetros das súas casas, enriba da Fosa Atlántica.
Pero nós a penas estamos afeitos a recibir un apoio que tivese a amplitude do que nos foi aportado en Galicia e en toda España. A corrente de simpatía e solidariedade que recibimos requentóuno-lo corazón. Partiramos sós e batemos con milleiros. A chegada á Fosa Atlántica do "Arousa I", do "Pleamar" e do "Xurelo", así como a acollida reservada ó "Sirius" durante a súa estancia en Galicia no mes de setembro de 1982, provocaron as máis fortes emocións dos veteranos do noso equipo."

O sentir da poboación de Galicia quedou de manifesto nunha declaración que diferentes institucións fixeron pública en agosto de 1982. Nela dicíase, entre outras cousas, o seguinte:

"Galicia está ameazada, Galicia séntese agredida. E a historia demostra que nestas circunstancias soamente o pulo vi-

tal, a unánime resposta do país galego pode impedi-la continuación da barbarie. Os que suscribimos este manifesto, representantes de distintos sectores sociais e políticos da poboación galega, facemos unha chamada á nosa xente, a tódolos pobos do mundo, para denunciar e deter estes verquidos malditos, conscientes de traballar, así, a prol do futuro da humanidade."

Anexo 5: ADEGA E GREENPEACE

A organización Adega –Asociación para a Defensa Ecolóxica de Galicia– creouse no ano 1974, sendo a primeira organización de todo o Estado Español que asumiu o calificativo de ecoloxista. Os seus promotores foron un grupo de persoas preocupadas polo deterioro que xa daquela empezaba a sufri-lo medio ambiente galego, sendo o factor desencadeante a oposición ó proxecto que previa a instalación de catro fábricas de celulosa no noso país.

Nestes quince anos Adega desenvolveu numerosas actividades, todas elas relacionadas coa defensa do equilibrio ecolóxico de Galicia. Entre elas, cabe salientar:

—O labor de información e denuncia da contaminación que a fábrica de celulosa de Lourizán estaba a causar na ría de Pontevedra.

—A campaña de información contra a proxectada instalación dunha central nuclear en Xove, na costa de Lugo.

—O estudio e divulgación do grao de conservación da natureza en Galicia, promovendo a creación de Espacios de Interese Ecolóxico.

—A oposición ós verquidos radiactivos na Fosa Atlántica.

—O labor de prevención e loita contra os incendios forestais, sinalando a degradación da masa forestal galega, motivada polo cambio das especies autóctonas por especies de fóra (eucaliptos, sobre todo).

Adega conta hoxe cuns 1.500 afiliados, tendo delegacións nas principais cidades galegas. Ela e a Sociedade Galega de Historia Natural son as principais organizacións que se preocupan do estudio e conservación da natureza do noso país.

GREENPEACE (Paz Verde) é a organización ecoloxista máis famosa a nivel mundial. Creouse en 1972, en Vancouver (Canadá), cando un grupo de persoas decidiron oporse ás probas nucleares que EE.UU. estaba a realizar en Amchitka, unha das Illas Aleutianas.

A súa proxección internacional iniciouse nos anos 1975 e 1976, cando protagonizou, co seu barco "Rainbow Warrior" ("O Guerreiro do Arco da Vella"), unha activa oposición á caza das baleas. Dende aquela foise estendendo e hoxe ten delegacións en máis de dez países. A de España creouse en 1984.

Dende a súa creación distinguiuse na sensibilización da opinión pública mundial cara a algúns dos máis graves atentados contra a natureza: a contaminación química dos mares, os verquidos de residuos radiactivos, a defensa das focas, tartarugas e arroaces, etc.

O seu labor non se limitou á sensibilización mundial, senón que os seus asociados participaron activamente cos seus barcos –os máis coñecidos son o "Rainbow Warrior" e o "Sirius" –na oposición a esas agresións ecolóxicas, ás veces con grave risco das súas vidas. Precisamente o "Rainbow Warrior" foi destruído en Nova Zelanda, en 1985, sendo os responsables os Servicios Secretos de Francia.

No caso dos verquidos radiactivos na Fosa Atlántica a súa oposición foi decisiva, xa que coas súas lanchas zódiac impediron que barcos como o holandés "Kirsten Smiths", o alemán "Kronos" ou o británico "Gem" puidesen mergullar no mar a súa macabra carga. Por outra banda, eles contribuíron a que nestes últimos anos cesasen –alomenos temporalmente– eses verquidos.

ÍNDICE

Colección MERLÍN
Títulos publicados

DE 11 ANOS EN DIANTE

A princesa Lúa e o enigma de Kian (3ª. edición),
de Palmira G. Boullosa
(Premio "Merlín" 1987)

O zoo do Pitus (4ª. edición),
de Sebastiá Sorribas i Roig

Moncho e Dríar (7ª. edición),
de María García Yáñez

Ó outro lado do sumidoiro (3.ª edición),
de Xosé A. Neira Cruz
(Premio "Merlín" 1988)

A malvada María Xosé (8ª. edición),
de Miguel Vázquez Freire

Crónicas dos catro viaxeiros,
de Xoan Babarro González

As flores radiactivas (12ª. edición),
de Agustín Fernández Paz
(Premio "Merlín" 1989)

O rescate do peneireiro (5ª. edición),
de Marilar Aleixandre

As aventuras de Breogán Folgueira (6ª. edición),
de Darío Xohán Cabana

Contos por palabras (8ª. edición),
de Agustín Fernández Paz
(Premio "Lazarillo" 1990)
Lista de Honra do IBBY, 1992

A cidade maldita (3ª. edición),
de Xelucho Abella Chouciño

Dúas bágoas por Máquina (8ª. edición),
de Fina Casalderrey
(Premio "Merlín" 1991)

O segredo do novicio,
de Andrés García Vilariño

Brandón, fillo de Ferreol,
de Palmira G. Boullosa

Os Mornias (2ª. edición),
de Lola González
(Premio "Merlín" 1992)

Rapazas (6ª. edición),
de Agustín Fernández Paz

A casa abandonada (2ª. edición),
de Úrsula Heinze
(Premio "Merlín" 1986)

A luva máxica,
de Xavier Frías Conde

Movida na biblioteca,
de Josep Gregori

Anélidos,
de Bruno Bernardo

Lucía,
de Xavier Frías Conde

A lenda da cidade asolagada,
de Antón Castro

Perigo vexetal (5ª. edición),
de Ramón Caride
(Premio "Merlín" 1995)

O caderno azul (3ª. edición),
de An Alfaya

A miña man na túa,
de Mariasun Landa

Carta das illas Bailarinas,
de Jacques Prévert

Cidades,
de Fran Alonso
Accésit Premio Lazarillo de literatura infantil, 1996
(Premio "Rañolas" 1997)

Ameaza na Antártida (4ª. edición),
de Ramón Caride

¡Sireno, Sireno!,
de An Alfaya
(Premio "Merlín" 1997)

Brumoso,
de Xavier López Rodríguez

Laia, a nena da illa,
de Ánxela Loureiro

Tanis I o Mocos (4. edición),
de M. Lourenzo González

O laboratorio do doutor Nogueira (2ª. edición),
de Agustín Fernández Paz

Memorias dun raposo (5ª. edición),
de Antonio Reigosa
(Premio "Merlín" 1998)

Déixao medrar (3ª. edición),
de Silvestre Gómez Xurxo

O futuro roubado (2ª. edición),
de Ramón Caride

As flores do meu amigo,
de Rafael Fernández Lorenzo

Historias para calquera lugar (2ª. edición),
de An Alfaya, Ramón Caride, Agustín Fernández Paz,
Xabier P. Docampo, Miguel Vázquez Freire

Resalgario,
de Antonio Reigosa
(Premio Raíña Lupa, 2000)

Feitizo,
de Xosé Miranda

Ith,
de Silvestre Gómez Xurxo

A merla de trapo (2ª. edición),
de Antón Cortizas
(Premio "Merlín" 2001)

Os peixes de cores,
de Antonio García Teijeiro

Cos pés no aire,
de Agustín Fernández Paz

Camiño perigoso,
de Ánxela Loureiro

Estanislao, príncipe de Sofrovia,
de Manuel Lourenzo